18 rue du Parc

roman choral

Nouvelle édition 2023

© Jacques Koskas

Editions Vivaces

ISBN : 978-2-9555427-3-6

jacques.koskas@free.fr

https://jacqueskoskas.wixsite.com/jacques-koskas

Jacques KOSKAS

18 rue du Parc

roman choral

Editions Vivaces

À tous ceux confrontés un jour aux différents
visages de la perte

*Pourquoi l'amour ne s'éprouve-t-il
que dans la violence de la perte ?*

Pascal Quignard

Le Hameau du Parc
Vendredi 14 heures

Cortège de poids lourds.

Fracas de tôles.

Un camion rempli de gravats déboule rue du Parc. Un autre, lancé à toute allure, ébranle les pavés disjoints.

Ici, la poussière tient lieu d'oxygène. Les brumisateurs de chantier, chargés de l'abattre au sol, sont aussi efficients qu'une bruine d'automne sur une forêt en flammes.

Une salve d'éternuements secoue l'homme immobilisé au bord de la chaussée. Ses bronches, encrassées, se crispent. À peine le temps d'aspirer une goulée de *Ventoline*, qu'une pelle gigantesque, en équilibre précaire sur un monstre de métal jaune, manque le renverser. L'homme bondit. Son pied bute contre le trottoir. Ses mains râpent le bitume gravillonné.

Chauffard ! grogne-t-il, en se relevant.

Un champ de bataille s'ouvre autour de lui.

En quelques mois, le quartier, en lisière du parc des Châtaigniers, s'est transformé en terrain de jeux de massacre. Rivés aux commandes de machines géantes — tractopelles, pinces à béton, brise-roches, grappins de démolition — des homoncules, coiffés de casques fluorescents, fracassent, d'une simple pression sur un bouton, les maisons pétries d'histoire que l'on ne remarquait plus tant elles faisaient partie du paysage.

Dès que l'une s'écroule, les camions, charognards aux ventres de métal, avalent les décombres fumants dans leurs bennes brinquebalantes et les charrient à grand vacarme de grondements de moteurs et de crissements de pneus vers des cimetières de pierres agonisantes.

Les paumes des mains éraflées, l'homme remonte ses lunettes, époussète son costume gris de belle facture, ramasse son attaché-case et son aérosol.

N'en déplaise au Dr Noiraud — « le *Salbutamol* est un produit dopant, n'en abusez pas ! » — une inhalation supplémentaire s'impose dans cet environnement pollué à l'extrême.

D'ordinaire, Simon Léchiquier attend le dimanche pour s'aventurer dans ce quartier, seul jour où les engins de démolition somnolent sous la garde de vigiles et de leurs chiens.

Pouvait-il ignorer la voix suppliante de sa mère ?

Un mouchoir sur le nez, il se faufile entre deux conteneurs chargés de débris où s'entassent cloisons éventrées, segments d'escaliers, vestiges de cuisinières, cuvettes de W.C. écaillées. Devant le 18 de la rue du Parc, il contourne, en râlant, une enceinte de barrières métalliques au rôle ambigu : protection ou enfermement ? Un passage étroit, ouvert entre deux grilles, le propulse dans un autre temps.

Paysage de campagne.

Un chemin aux dalles colonisées par des herbes folles serpente entre des massifs de lauriers-roses et de vieux cyprès aux allures de sentinelles. Sur de modestes étendues gazonnées, bordées de cistes et d'abélias, chênes verts et pins parasols voisinent avec des arbousiers et des genets. Des touffes de thym et de romarin parsèment le sol caillouteux.

Simon accélère le pas. Il est rare que sa mère l'appelle. D'habitude, elle laisse ce soin à Leila, sa dame de compagnie. Pour celle-ci, rien de bien grave : « Hier, Mme Léchiquier était en pleine forme. Ce matin, elle s'est réveillée en ayant peur de tout. Sans doute un mauvais rêve... »

Il essayera de la calmer. Peut-être, aussi, l'informera-t-il du déménagement probable. Comment le lui annoncer ?

Au détour de l'allée, une image de carte postale accueille Simon.

Carrée, massive, envahie par la vigne vierge, veillée par une poignée d'oliviers centenaires aux branches tourmentées, la vieille bastide, où vit sa mère, semble sortir tout droit d'un livre d'histoire. Coiffée d'un toit de tuiles en terre cuite souligné par deux rangs de génoises, elle élève ses deux étages avec une obstination sage. Des balconnières fleuries garnissent la plupart des fenêtres encadrées de volets en bois défraichis, couleur lavande.

La dernière ! se répète Simon.

Hier, un ensemble d'une dizaine de maisons ancestrales occupait ce lieu-dit *Le Hameau du Parc*. En bordure de l'ancienne châtaigneraie, transformée en jardin public, cet espace vert préservé par plusieurs générations de riverains est devenu un objet de convoitise pour les promoteurs immobiliers. Aujourd'hui, seuls quelques murs branlants, témoins de l'inéluctable, rappellent le souvenir des habitations démolies.

La maquette, exposée à la mairie, montre les hautes tours de verre et de béton qui se dresseront à cet emplacement autour d'un centre commercial et d'un multiplexe cinématographique à la pointe de la technologie. Des parkings, à perte de vue, quadrillés de rayures blanches, accueilleront, jour et nuit, des milliers de voitures virtuoses d'émissions de CO_2 et de particules microscopiques.

Encerclée de grilles métalliques, comme un vulgaire malfaiteur, cette maison persiste à tenir debout malgré le massacre de ses sœurs. C'est la dernière à résister, à protester, à tenter d'enrayer la mécanique élaborée par les marchands de béton et les politiciens, au nom du progrès et de la nécessité d'héberger une population nouvelle, avide de verdure.

Une pétition circule dans les bureaux de la préfecture et du ministère au Logement, pour réclamer sa grâce. Pour l'heure, ses habitants, une dizaine de voisins de tous âges, refusent d'obéir à l'ordre d'expulsion. Ont-ils la moindre chance de l'emporter ?

La survie de la vieille bâtisse ne dépend plus que des relations haut placées de Mme Moineau, présidente de *l'Association de Sauvegarde du 18 rue du Parc.*

Élue meilleure pâtissière de la ville — la dégustation de ses célèbres choux à la crème fait partie du circuit touristique de la région — Mme Moineau, fer de lance du mouvement de résistance, lutte, avec ses armes, contre la destruction de la dernière maison du quartier.

Une large banderole barre la vitrine de son salon de thé, au rez-de-chaussée du petit immeuble. Noir sur fond jaune, le slogan « *Touche pas à mon toit !!!* » s'étale en lettres majuscules ponctuées de trois points d'exclamation.

D'autres bannières pendent aux fenêtres au milieu de drapeaux tricolores : « *Non aux démolitions !* » « *Non aux buildings !* » « *Ici nous vivons, ici nous mourrons !* »

Le préfet, grand amateur de choux à la crème, aurait suggéré au ministre de classer la résidence en invoquant « *sa modestie architecturale, typique des constructions anonymes au style non défini* ».

— Ce galimatias, prétendument technique, n'augure rien de bon ! a lancé Simon lors de l'une des réunions de l'*Association*.

Le dossier, en cours d'étude, traîne de bureau en bureau, accompagné d'un paquet à l'emballage soyeux, orné de la griffe rose de la pâtisserie Moineau.

À l'approche de la maison, Simon se fige, respiration suspendue. Une immense dalle de béton, hérissée de tiges métalliques, a poussé depuis sa dernière visite. Tout autour, hommes et machines, semblables à des insectes, s'activent, inconscients de l'horreur qu'ils font naître. Bientôt, une tour aux bords rectilignes, angles pointus et parois de verre, grimpera à l'assaut des nuages.

Le regard désemparé de Simon s'accroche à l'enseigne du salon de thé, « *Moineau mère et fille, spécialistes de choux à la crème* », phare clignotant au milieu d'un environnement dévasté, ultime bouée de sauvetage avant le naufrage.

Mme Moineau
Vendredi 14 h 15

En l'apercevant, Mme Moineau faillit lâcher le plateau d'éclairs au chocolat qu'elle s'apprêtait à placer derrière sa vitrine.

— Monsieur Léchiquier ? Nous ne sommes pas dimanche !

— Vendredi, admet Simon, les yeux sombres derrière des lunettes rondes à la monture métallique.

— Il est arrivé quelque chose à votre mère ?

Par quel miracle le corps bien en chair de la pâtissière, mis en valeur par un tablier blanc noué au-dessus d'une robe rose au décolleté généreux, produit-il une voix aussi vaporeuse ?

Simon Léchiquier, carrure massive et visage poupin, passe une main embarrassée dans ses cheveux grisonnants taillés en brosse.

— Elle désire me voir. J'ignore pourquoi. Leila pense qu'elle a fait un mauvais rêve.

Mme Moineau secoue la tête.

— C'est une maladie si étrange. Voulez-vous entrer ? Je vais vous préparer une boîte de choux.

À cette heure, le salon de thé semble abandonné.

Depuis la destruction des maisons du quartier, seuls les habitués le fréquentent. Ici, malgré l'effervescence et la brutalité du dehors, la vie s'efforce de s'écouler au rythme d'une eau paisible. Les murs et le mobilier déclinent mille nuances de rose créant l'effet d'une bonbonnière. Les vitrines, ceintes de moulures en bois de rose, regorgent de confiseries, gâteaux et autres viennoiseries. De grandes boîtes métalliques fuchsia, posées sur des étagères, abritent toute une gamme de thés, nature ou aromatisés, prêts à être servis dans les règles de l'art. Des pieds de lampe, coiffés d'abat-jour couleur saumon, éclairent les tables d'une lumière tamisée.

Simon tend l'oreille. Derrière la porte, par laquelle Mme Moineau s'est éclipsée, lui parviennent des bruits feutrés. Il imagine la pâtissière, les mains encore plus douces qu'à l'ordinaire, pétrir la pâte et la modeler entre ses paumes arrondies. Sous une charlotte blanche, ses cheveux bruns, noués en chignon, donnent à son visage un air virginal. Une fois les choux retirés du four, elle y introduira, par une ouverture invisible, la divine crème pâtissière et nappera la partie haute d'un glaçage satiné prêt à fondre sous la langue. Puis, elle couronnera le tout d'une perle dorée, d'un éclat de fraise ou d'une cerise confite, selon son humeur.

Derrière les paupières closes de Simon, les choux à la crème enflent, gonflent, se dilatent, pulpeux et majestueux, à portée de sa bouche, aussi opulents et généreux que les seins de Mme Moineau.

— Et voilà !

Les joues rayonnantes de contentement, la pâtissière pose un plateau sur la table. Simon sursaute comme un adolescent surpris en train de naviguer sur un site porno.

Une pyramide de gâteaux à la rondeur moelleuse s'élève sur un napperon de dentelle. Mme Moineau plonge son regard dans les yeux de Simon. Elle aime vérifier que la seule vue de ses choux à la crème fait ruisseler de plaisir les glandes salivaires du plus blasé des gourmets.

Voilà longtemps qu'elle officie en ce lieu. Après quelques années d'errance, elle était revenue dans la maison de son enfance pour recueillir de la bouche de sa mère les recettes garantes du succès de la pâtisserie depuis plusieurs générations. Formules mystérieuses, transmises de mère en fille, hors de toute influence masculine.

Que devenaient les géniteurs des filles Moineau, une fois qu'ils avaient accompli leur mission de reproducteurs ? Nul ne le sait. Depuis l'époque lointaine de la création du salon de thé, personne n'a vu l'ombre d'un mâle aux côtés de ces dames.

La recette des choux à la crème fait partie des secrets les mieux gardés du monde de la pâtisserie.

Jamais, depuis le XVIe siècle, où Penterelli et son élève Popelini inventèrent la *pâte à chaud,* baptisée, deux cents ans plus tard, *pâte à choux* par Avice, on n'avait connu un tel bonheur à déguster ces petits gâteaux fourrés de crème.

La réputation de Mme Moineau, déesse-pâtissière devant qui les rois de la pâtisserie s'agenouillent en signe d'allégeance, a dépassé les limites du hameau, de la commune, du département, de la région et s'apprêtait à déborder les frontières nationales quand les premiers engins démolisseurs étaient apparus.

Depuis, Mme Moineau se bat. À coups de choux à la crème.

Elle en offre aux ouvriers, aux contremaitres, aux promoteurs, même ! Alors, miracle, les monstres de métal s'immobilisent. L'air se purifie. Les murs cessent de trembler. Et, dans le silence retrouvé, on n'entend plus que le bruissement de pure délectation des palais offerts aux enchantements de ces bouchées paradisiaques.

La destruction du salon de thé sonnerait le glas de la lignée des pâtissières Moineau.

Devant l'amoncellement de choux à la crème, les yeux de Simon luisent d'excitation. Mme Moineau, saisit une pince à gâteau et remplit une assiette décorée de fleurs.

— Voilà pour vous. Votre maman patientera bien cinq minutes. Je vous prépare un thé. Aux pétales de roses ?

D'un clignement de paupières, Simon approuve. Comme toujours, Mme Moineau connait ses besoins mieux que lui.

La pâtissière soupire d'aise en observant le visage comblé de son hôte. Un bébé réjoui après sa tétée.

« On oublie trop souvent les toutes premières émotions gustatives, se plaît à dire le Dr Noiraud, médecin attitré de la maisonnée, le moment unique où le palais immature du nouveau-né se gorge pour la première fois de la douceur du lait maternel ». Il ajoute, en s'inclinant devant Mme Moineau : « par bonheur, vous êtes là pour nous les rappeler, chère amie. »

Un parfum de vanille danse autour de Simon. Un mouvement de la tête suffirait pour que sa bouche frôle celle, entrouverte, de Mme Moineau. La vision du regard courroucé de sa mère le ramène à l'objet de sa présence, en ce jour inhabituel.

— Il est temps que je monte. Avez-vous des nouvelles du préfet ?

— Je lui ai téléphoné ce matin.

Simon grimace un sourire.

— Le genre d'individu prêt à tout vous promettre à condition que vous continuiez à le fournir en choux à la crème. Cette bâtisse disparaîtra comme les autres.

Mme Moineau cligne des yeux plusieurs fois de suite, soudain troublée.

— Que deviendrions-nous ? Où irait votre maman ? Tous les voisins vivent dans cette crainte. Je le sens à leur façon de marcher, de parler. Quitter cette maison reviendrait à se couper un bras, à s'écorcher vif. Je pense à ce pauvre M. Poulard, l'ancien marin. On a retrouvé son corps dans les décombres de l'immeuble où il habitait, juste en face du nôtre. Il disait : « une maison, c'est comme un bateau. Si elle coule, je coule avec ! » Le commandant Mangin a conclu au suicide.

— Mangin. Un policier buveur de thé. Tout devient possible !

— Quel homme étrange. Ses lunettes noires lui mangent la moitié du visage. À croire qu'il cache quelque chose. Je me suis renseigné auprès du Dr Noiraud. Secret professionnel !

Simon se lève.

— Le Dr Noiraud est un puits de secrets. Comme vous, Mme Moineau, comme vous...

La pâtissière hoche la tête.

— Chacun a ses mystères, ses failles. Les plus faibles sont les premiers à en subir les conséquences. En apprenant le suicide de M. Poulard, la jeune Amélie, du deuxième, qui s'enferme chez elle depuis des mois, a dit à Émilien, son voisin : « ça, c'est une bonne idée ! » Je me fais du souci pour cette petite...

— Où en est Émilien de son projet ?

— À l'esquisse. La fresque représentera tous les habitants de l'immeuble. Nous l'exposerons, sous la banderole, derrière la vitrine. Lui aussi me préoccupe, le nez fourré dans ses croquis. Et toujours silencieux. À peine prononce-t-il trois mots en une semaine.

Simon se retient de poser sa main sur celle de la pâtissière, si menue comparée à son corps plantureux.

— Vous vous inquiétez trop, Mme Moineau.

— Comment faire autrement ? Vous savez ce qui est arrivé à Margot et ses enfants ? Et Camille ? Un vrai squelette. Son petit Pierrot est adorable, bien sûr, mais... que deviendra-t-il, si... quand... ?

Simon hoche la tête et saisit son attaché-case.

— Je reconnais que sans vous, la maison n'existerait plus depuis longtemps. M. Dieulefit me l'a répété l'autre jour. « Mme Moineau est la terreur des promoteurs immobiliers ! »

La pâtissière hausse les épaules.

— M. Dieulefit ? Je le soupçonne de mijoter quelque chose. Il chante sans arrêt. C'est louche... Et M. Montereau

! Depuis qu'il s'est remis à peindre, il ne quitte plus son atelier. Éléonore, son épouse, s'inquiète. Il aurait des visions.

— Les artistes vivent dans un temps différent du nôtre...

— Et Julie ! Un nouvel amant tous les huit jours ! Tous
plus cabossés les uns que les autres. Et le rythme s'accélère !
J'en ai parlé au Dr Noiraud. Même réponse : Secret professionnel !

Mme Moineau lisse son tablier d'une main appliquée. Elle
baisse la voix.

— Hier, son dernier amoureux, Paul, a passé une heure les
yeux perdus dans sa tasse de *earl grey*. À croire qu'il cher-
chait à y lire son avenir. Il est parti sans en boire une gorgée.
Le visage aussi grave qu'un homme à l'agonie. J'ai peur qu'il
fasse une bêtise.

Simon se lève, à regret.

— Je dois y aller. Merci pour tout. À bientôt.

Engoncé dans son costume-cravate, son attaché-case
d'une main, les pâtisseries dans l'autre, Simon franchit la
porte qui sépare le salon de thé du hall de la résidence.

Mme Moineau le regarde partir en se mordant la lèvre. Léchiquier fait partie de ces hommes qui préféreront, pour finir,
une femme comme Leila, filiforme, dotée d'une poitrine immature et de fesses plates.

Simon grimpe, sans se hâter, les marches pavées de petits
carreaux noirs et blancs, jusqu'au premier étage. Qu'aura in-
venté sa mère aujourd'hui ? Elle, qui, d'un mouvement du
menton, change l'ordre des générations, convertit le passé en
avenir et baptise de mots nouveaux ce qui semblait figé dans
l'éternité.

« Il n'y a plus grand-chose à espérer » a laissé entendre le Dr Noiraud lors de sa dernière visite. « Sauf un miracle ! »

Les choux à la crème de Mme Moineau incarnent les seuls miracles auxquels Simon croit. Tout à l'heure, dans le salon de thé désert, l'idée que la pâtissière l'invite dans son appartement privé l'a troublé. Partager l'intimité de ce corps aux formes sardanapalesques — mot exceptionnel pour une femme flamboyante — ressemble au rêve d'un enfant devant une montagne de sucre d'orge.

Songer à la caresse de ses cheveux dénoués sur ses épaules nues, imaginer l'empreinte de ses pieds potelés gravée dans des tapis épais, suffit à faire battre son cœur d'une manière exquise.

Le sourire béat, apparu sur ses lèvres à son insu, se fige, quand la porte de l'appartement de sa mère s'ouvre, avant même qu'il ne sonne.

Le visage de Leila s'éclaire en apercevant Simon.

Dame de compagnie, aide-ménagère, soignante, confidente, souffre-douleur à l'occasion, Leila accompagne, depuis deux ans, Alice Léchiquier, la mère de Simon. Sa vie de célibataire, sans enfant, semble tout entière consacrée à la vieille femme.

« À son fils, surtout ! » fulmine, en silence, Mme Moineau.

Longiligne, les cheveux noirs noués en une longue tresse jusqu'à la taille, Leila s'efface devant Simon.

— Que se passe-t-il ? murmure-t-il en refermant la porte.

— Il se passe des choses bien étranges, ici, quand tu n'es pas là ! s'exclame Mme Léchiquier. Maintenant que *Monsieur* a décidé de vivre sa vie, je te laisse imaginer ma situation ! Tu devrais avoir honte !

Refusant l'aide de Leila, la vieille dame se lève de son fauteuil, placé devant le téléviseur, en dodelinant de la tête.

— Votre mère va vous expliquer, souffle Leila.

Menue, les cheveux neigeux, courts et soyeux, les gestes encore vifs, Alice Léchiquier s'avance vers son fils, le regard dur. Elle serre contre elle un petit coffret en bois laqué noir, au couvercle serti de carreaux de nacre. « Ma boîte à secrets ».

Simon dépose un baiser furtif sur ses joues parcheminées. S'adressant aux deux femmes, il s'extasie :

— Quelle élégance, mesdames !

Leila baisse ses yeux bordés d'une discrète ligne de khôl et se dirige vers le portemanteau sans laisser le temps à Simon de remarquer le rose colorer son visage. Alice s'agrippe au bras de son fils.

— Enfin, tu es là. Il faut que tu saches...

— Je vais faire quelques courses, annonce Leila en ouvrant la porte. À tout à l'heure, madame Léchiquier.

— C'est ça, à tout à l'heure, marmonne Alice.

Leila échange un sourire avec Simon. Le caractère de la vieille dame ne s'arrange pas avec l'âge.

— Tu devrais te montrer plus agréable avec Leila, fait mine de gronder Simon en conduisant sa mère au salon. Sans elle...

— Je ne suis pas dupe de son manège ! Ni du tien, d'ailleurs !

La première fois que sa mère lui avait reproché de l'abandonner pour courir les filles et de ne revenir que pour séduire l'intrigante Leila, Simon avait tenté de rétablir l'ordre des générations.

— Maman, je te rappelle que je suis ton fils, pas ton mari !

— Bien sûr ! Tu as toujours de bonnes excuses, n'est-ce pas ?

Simon réprime un geste d'agacement.

— Assieds-toi, je vais préparer le thé.

— Non, reste avec moi, j'ai peur, gémit Alice en le retenant.

— Peur ?

— Quelqu'un est entré dans l'appartement.

Simon serre avec douceur la main décharnée de sa mère, constellée de taches brunes.

— Voyons maman, si quelqu'un était entré, Leila l'aurait vu.

Les lèvres d'Alice se contractent. Un rictus découvre ses dents.

— Je ne le lui ai pas dit. J'attendais que tu arrives. C'est peut-être elle qui lui a ouvert la porte. Nous devrions prévenir la police.

Simon pose un baiser sur les cheveux de sa mère et se lève.

— J'en toucherai un mot à Mangin. Ne t'inquiète pas.

Le commandant Mangin venait d'être nommé dans le quartier. « Parachuté suite à une sale affaire... » colportait la rumeur. Simon l'a rencontré, une ou deux fois, dans le salon de thé de Mme Moineau devant une assiette de choux à la crème. Le corps malingre, les yeux cachés par des lunettes noires, le crâne rasé, l'oreille gauche ornée d'un anneau doré, une écharpe noire autour du cou, le visage émacié du policier affiche le masque désabusé de ceux qui vivent malgré eux dans un monde indéchiffrable.

« Il ressemble autant à un flic que moi à un danseur étoile », avait pensé Simon en le saluant.

En attendant, il ôte sa veste, desserre le nœud de sa cravate et entreprend de fouiller l'appartement. En traversant la cuisine, il branche la bouilloire et prépare le thé.

Par la fenêtre, il observe le manège des machines aveugles. Certaines, munies de mâchoires d'acier, éventrent la terre pendant que d'autres coulent en son sein des flots de béton gris et froid. Bientôt, un bâtiment gigantesque obscurcira le ciel.

Les démarches de Mme Moineau aboutiront-elles ? Maman ne supportera pas un nouveau changement dans sa vie.

— Alors ? lui demande Alice en se tordant les mains.

— Je ne vois personne.

— Comment ça, personne ? Je suis certaine qu'il y a quelqu'un. Je l'ai vu ! De toute manière, tu ne vois jamais rien ! Même quand ça te saute aux yeux, tu ne vois rien !

Simon hausse les épaules. Dans son enfance, ce grief était destiné à son père. Aujourd'hui, c'est son tour.

Alice se redresse et toise son fils :

— Elle se cache, c'est sûr !

— Elle ?

— Elle attend que tu partes pour se montrer à nouveau !

« Hallucinations ! » avait diagnostiqué le Dr Noiraud. « Une sorte de court-circuit qui fait fondre, en un tout, le réel et l'imaginaire. »

Le visage tourmenté, la vieille femme insiste.

— Elle va recommencer !

— Recommencer quoi, maman ?

— Elle va m'observer, me suivre, m'imiter !

Simon s'assoit à son côté :

— Tu la connais ?

— Je crois, je ne suis pas sûre.

— Elle te parle ?

— Non, elle sort de l'armoire et me fixe en silence.

— L'armoire, bien sûr !

Ce meuble imposant faisait déjà partie de la famille avant la naissance de Simon.

Construite par son menuisier de père, elle déborde d'objets, de vêtements et de papiers que sa mère conserve, plus par habitude que par besoin.

Après le décès de son mari, Alice Léchiquier, qui vivait dans un village où les repères de lieux et de personnes paraissaient aussi évidents qu'un nez au milieu de la figure, avait quitté sa maison et son jardin pour un petit deux-pièces dans un logement inconnu, dans une ville étrangère.

La tête haute et le regard lointain sous sa voilette de veuve, elle avait exigé que l'armoire la suive. Simon ignorait alors que ce quartier tranquille serait détruit quelques années plus tard.

Le Dr Noiraud lui avait exposé sa théorie, autour d'une tasse de thé, dans le salon de Mme Moineau :

— Après avoir perdu son mari, sa maison et son environnement rassurant, votre mère, en perdant la mémoire, a effacé les pertes qu'elle a subies en oubliant ce qu'elle avait perdu.

— Et en oubliant que je suis son fils !

— Une mère n'oublie pas son enfant. Elle ne vous reconnait pas. C'est différent. Lui avez-vous demandé son âge, comme je vous l'ai suggéré ?

— Vingt ans, vingt-deux ans, elle hésite. Alors qu'elle en a soixante-dix-huit ! C'est insensé !

— Quel âge avait-elle lorsque vous êtes né ?

— Vingt-huit ans, je crois.

— Vous comprenez, maintenant ? Elle se vit comme une jeune femme d'à peine plus de vingt ans. Vous n'êtes donc pas encore né. La maladie la ramène en arrière dans une cure de rajeunissement inédite.

Logique aussi inquiétante qu'irréfutable.

— Jusqu'où peut-elle régresser ?

Le Dr Noiraud avait fermé les yeux en caressant sa barbe taillée en pointe.

— L'enfance reste un pays toujours prêt à nous recevoir. Y retourner, sans en avoir conscience, n'est-ce pas une façon astucieuse de faire la nique à la mort ?

Troublé par les paroles du médecin, Simon voyait le corps de sa mère rapetisser à mesure que sa mémoire s'effilochait.

— Elle sort de l'armoire ? reprend-il en écho.

Le regard d'Alice est lourd de reproches.

— Je parie que tu n'as pas fouillé l'armoire.

— J'avoue que...

— Ça ne m'étonne pas ! Je ne peux jamais compter sur toi.

Simon lève les yeux au ciel.

— Veux-tu que nous allions vérifier ensemble ?

La chambre, tapissée d'un papier peint fleuri aux couleurs fanées, garde le charme des anciennes cartes postales. Du couvre-lit brodé aux photographies posées sur la table de nuit, et des coussins, recouverts de satin bleu, à l'abat-jour garni de perles, tout concourt à entretenir la mémoire défaillante de la vieille femme. Sans oublier la vénérable armoire, siège des apparitions en tous genres.

Alice étouffe un cri en serrant le bras de son fils.

— Regarde, elle est là !

Simon sursaute, le cœur battant, les yeux écarquillés.

— Là ?

— Oui, là ! Tu la vois !

— Là ? C'est elle ?

— Oui, c'est elle. Tu me crois maintenant ?

Comment ne pas la croire ?

Il entoure les épaules de sa mère, agitées d'un léger tremblement. Que faire ?

— Je t'en prie, chasse-la, gémit Alice en pressant contre elle sa boîte à secrets.

— Je m'en occupe, promet Simon.

Puis, sur le ton de la confidence, il ajoute : « regarde, elle n'est pas seule. »

Alice écarquille ses yeux apeurés.

— Tu as raison. Quelqu'un l'accompagne.

Simon hésite. L'hallucination serait-elle une maladie contagieuse ?

— On va s'approcher.

— Tu crois que c'est prudent ?

Simon sourit avec la tendresse d'un fils aimant ou d'un mari affectueux, à moins que ne soit celle d'un père protecteur. Il prend un ton enjoué.

— Tu reconnais la personne à côté d'elle ?

Alice tend le cou.

— On dirait un homme. C'est curieux... il te ressemble.

— Tout à fait. Sais-tu pourquoi ?

— Non...

— Il me ressemble parce que c'est moi.

— Toi ?

— C'est mon reflet dans la glace.

Alice s'immobilise. Ses yeux vont de l'homme debout, à son côté, à l'image du même homme apparue dans le miroir tacheté de la vieille armoire. Elle scrute. Elle compare. Enfin, avec un soupir de soulagement, elle s'écrie.

— Mais oui, tu as raison, c'est toi !

Simon rit de bon cœur en la serrant contre lui.

— Et voilà ! Tu n'as plus à t'inquiéter maintenant.

Il imagine la surprise de Leila et celle du médecin quand il leur racontera la scène. Sûr que le Dr Noiraud, persuadé d'avoir réponse à tout, y verra, en toute humilité, une illustration de sa théorie.

Tout d'un coup, le visage d'Alice s'assombrit. Blottie contre son fils, le corps tremblant, elle murmure :

— Mais l'autre, qui est-ce ?

— L'autre ! Tu ne la reconnais pas ?

— Non...

— Voyons, maman. L'homme, c'est moi. Et à côté de moi, la dame, c'est toi !

À ces mots, Alice se raidit. Une grimace contracte ses traits. Ses paupières papillonnent, sa bouche se crispe, ses joues tressaillent. Après un regard perplexe lancé vers son fils, elle éclate d'un rire clair qui se transforme en fou rire et la secoue si fort qu'elle manque lâcher sa boîte à secrets et perdre l'équilibre.

Simon la retient à temps, décontenancé par cet accès de gaieté incompréhensible. Le miroir, parsemé de taches sombres aux endroits où le tain a coulé, renvoie le reflet brouillé d'un couple improbable engagé dans une danse proche de la transe.

Est-ce dû à l'étrangeté de la scène ?

Simon reconnaît, dans l'image saccadée de sa mère, un détail de la photographie affichée sur la page d'accueil de son ordinateur. Un cliché en noir et blanc, pris voilà plus d'un demi-siècle, montrant les visages émus de ses parents, joue contre joue, penchés sur la frimousse joufflue de ce nourrisson qu'ils ont prénommé Simon, en souvenir d'un lointain aïeul parti en fumée par le conduit d'une cheminée.

— Cette dame ? C'est moi ? parvient à articuler Alice entre deux hoquets. Je vais mourir de rire si tu n'arrêtes pas cette farce !

— Mais maman, puisque je te le dis.

Le reflet de sa mère et de lui-même côte à côte, rappelle à Simon une des tirades du Dr Noiraud. Gestes à l'appui, le médecin raconte ce moment prodigieux, où l'enfant, en reconnaissant son père (ou sa mère) dans le miroir, en déduit que le petit, dans les bras de l'adulte, ne peut être que lui.

— Étape cruciale, vous vous en doutez, prémices de l'individuation, de l'autonomie, de la liberté, renchérissait-il avec emphase en bombant le torse.

— À quel âge ce miracle se produit-il ? avait demandé Simon, agacé par le ton professoral du docteur.

— Entre six et dix-huit mois. Fantastique, non ? Avant la parole, avant la propreté, avant la marche pour certains, alors qu'ils ne possèdent que quelques dents minuscules pour mordre dans la vie !

Simon regarde sa mère. Ce n'est plus une jeune femme ! Ce n'est plus une petite fille ! C'est un bébé !

Loin de se douter des pensées absurdes qui bouillonnent dans le cerveau de son fils, Alice essuie ses yeux larmoyants.

— Décidément ! Quand tu ne veux pas voir ! Tu portes tes lunettes pourtant ! Cette dame ne peut pas être moi !

— Et pourquoi donc ? insiste Simon, dans un effort désespéré pour ne pas céder à l'accablement.

D'un coup, Alice cesse de rire et lui lance ce regard qui l'avait si souvent effrayé dans son enfance. Un regard irrité, lourd de sous-entendus, luisant de déception et de dépit.

D'une voix sifflante, elle réplique :

— Que tu oublies de rentrer, passe encore ! Que tu fréquentes d'autres femmes, grand bien te fasse ! Mais que tu me confondes avec une vieille qui pourrait être ma grand-mère, c'est un comble !

La tête haute, elle quitte la chambre, sa boîte serrée contre elle, sans plus se soucier de Simon, médusé dans la contemplation du miroir dans lequel un homme qui lui ressemble le dévisage d'un air étonné.

Il n'y a pas d'âge pour être orphelin de sa mère. Qu'elle soit vivante ne fait qu'accentuer la douleur de la perte.

De façon inattendue, le visage de Paul, dernier amant malheureux de Julie, la voisine de sa mère, vient à l'esprit de Simon.

Même sentiment d'abandon.

Même douleur devant la blessure béante que l'on croyait cicatrisée.

La peine de cœur, dirait le Dr Noiraud, n'est-elle pas la réminiscence de la souffrance originelle de l'enfant ? Celle de sa séparation initiale d'avec le seul être à détenir le titre envié de premier amour : sa mère ?

Simon imagine le jeune homme, délaissé, comme lui, debout devant son miroir, en quête de la faute inexcusable qu'il aurait commise pour être condamné à ne plus exister dans le regard de cet autre vénéré.

Il l'avait rencontré une fois au bras de Julie. Visage blême, déchirant au-delà du supportable. Un trépassé égaré dans la vie.

Mme Moineau aurait-elle raison de s'inquiéter autant ?

Paul
Vendredi 16 h 05

Paul Verbure est loin d'imaginer que Simon Léchiquier pense à lui. Devant son miroir, il s'étonne que les traits de son visage correspondent si bien à son souvenir. Front haut, cheveux clairsemés taillés à la serpe, bouche étroite, réduite à une balafre, il ressemble à ces ermites misanthropes qui n'acceptent pour compagnie que la douleur qu'ils s'infligent.

Il relit la lettre. Onze mots griffonnés au feutre rouge sur une feuille de papier quadrillé arrachée à un cahier d'écolier. Onze mots, serrés sur une ligne. Onze mots, encadrés de guillemets comme le veut l'usage.

D'un geste lent, il signe : *PV*.

« Vos initiales sont identiques à celles de Paul Verlaine », furent les premières paroles que Julie lui adressa, avec un sourire amusé.

Les yeux cernés de Paul Verbure balayent sans émotion la photographie où il apparaît aux côtés de la jeune femme. L'heure n'est plus au sentimentalisme.

Sur l'enveloppe en papier kraft épais, parfaite pour les objets délicats, il écrit : *à l'attention de Mlle Julie*. Il y range la photo et la lettre composée de cette seule ligne de onze mots, signée de ses initiales.

Il enfile son manteau par-dessus sa veste. Un manteau vert, sombre, presque noir, coupé dans une belle laine vierge, doublé d'une étoffe satinée.

Son visage a encore pâli. Conséquence de l'entaille qui saigne son cœur. Le même phénomène affleure au bout des doigts.

Il glisse l'enveloppe dans la poche intérieure de son pardessus. La poche intérieure droite. Certains trouveront étrange qu'un droitier ne privilégie pas la poche intérieure gauche de son vêtement. Ceux-là ne savent pas.

Dans la rue, chacun des pas de Paul Verbure se déroule suivant une mécanique éprouvée au rythme rigoureux d'une mesure à deux temps. Un refrain ridicule lui traverse la mémoire : *un kilomètre à pied, ça use, ça use...* et lui rappelle le petit garçon solitaire qui marchait tête basse sur le chemin de l'école.

D'une pression du bras contre sa poitrine, il vérifie la présence de l'enveloppe dans la poche intérieure droite. Puis, les dents serrées, il tâte, à travers l'étoffe du manteau, la poche intérieure gauche, au contenu confidentiel, destiné à une mission secrète. Nom de code : Julie !

Plus il y pense et plus ses traits se dégradent.

— Tu es né avec le visage grave, lui avait avoué sa mère.

— Tu étais l'attraction de la maternité, lui avait confirmé son père.

Les rares photos prises dans son enfance en témoignent. C'était déjà ainsi lorsqu'il se morfondait dans la profondeur des eaux amniotiques. Peut-on aimer quelqu'un à la figure empreinte d'une telle austérité quand le monde se meurt faute de légèreté ?

Devant son front indifférent et son regard dénué d'expression, les gens fuyaient. Seule Julie l'accueillit d'un sourire. Elle croyait aux signes.

« Mon deuxième prénom est Mathilde. Comme l'épouse du poète. N'est-ce pas merveilleux ? »

Il fit sa connaissance à l'hôpital. Son nez retroussé, parsemé de taches de rousseur, et ses grands yeux couleur de lac de montagne donnaient à sa frimousse d'infirmière un air candide. Il lui suffisait de poser son regard pétillant de malice sur les malades pour ranimer le gout de vivre chez les plus désespérés.

En plus des soins, elle aimait lire à ses patients des textes choisis parmi les nombreux livres qu'elle transportait dans son sac.

« La musique des mots a le pouvoir de cicatriser les plaies de toute nature », affirmait-elle avec joie à ceux qui en doutaient. Elle ajoutait : « Si une vie heureuse se décline en un poème harmonieux, la pratique de la poésie peut redresser une vie bancale ».

Le Dr Noiraud, chef de service dans le même hôpital, l'approuvait : « une infirmière qui récite des vers à ses malades est comparable à une bonne mère qui chante des berceuses à son enfant. L'efficacité des traitements en est accrue ».

Lors de sa première rencontre avec Paul Verbure, Julie l'avait sermonné avec douceur en appliquant un pansement autour de ses poignets entaillés : « Il en restera une cicatrice. Que cela vous serve de leçon ».

La leçon, c'est le commandant Mangin qui la lui avait donnée, d'une voix lasse, en triturant sa boucle d'oreille :

— La rue n'est pas l'endroit idéal pour réussir ce genre de choses, monsieur Verbure !

Les yeux masqués par de grandes lunettes noires ne laissant voir de son visage que le bout d'un nez arrondi et une bouche aux lèvres si fines qu'elles paraissaient absentes, le policier avait précisé en frottant son crâne lisse : « Vos coups de rasoir nous ont valu un bel embouteillage. »

Paul Verbure s'était contenté de fixer l'écran gris du téléviseur. Il se souvenait de son indifférence en voyant le sang quitter son corps en filets tortueux. Voilà à quoi se résumait la vie. Quelques litres de liquide visqueux, tournant en circuit fermé, prêt à s'échapper à la moindre occasion.

Chaque matin, Julie s'asseyait à son côté, faisait danser ses cheveux et lui lisait les vers du poète du jour qu'elle avait choisi en s'inspirant de la couleur du ciel, de la vitesse des nuages ou du nombre de bébés nés pendant la nuit.

D'abord méfiant, Paul Verbure s'abandonna peu à peu à une redoutable euphorie et l'éblouissement fit fondre la défiance que son cœur avait engrangée pendant de longues années.

En signant son bon de sortie, le Dr Noiraud avait grimacé un sourire amical et formulé quelques paroles d'encouragement. Il se doutait de l'issue prévisible de cette union. Mais son rôle se limitait à soigner ses malades, le temps de leur hospitalisation.

Depuis que Julie avait réintégré le service, après une absence douloureuse, son comportement, auprès de ses patients, avait changé. Combien avaient cru vivre le grand amour à son contact ?

Le médecin s'interrogeait. Quelque chose, chez cette jeune femme, lui échappait. Quelque chose annonciatrice de malheur, selon Mme Moineau, dont les talents de devineresse égalaient ceux de pâtissière.

Sur le trottoir, Paul Verbure attend que le feu passe au rouge. Aujourd'hui, le rouge est de rigueur. Couleur de l'amour fou, du danger, de l'interdit, de la honte. Couleur du sang qui pulse dans ses veines et noie son cœur affolé.

Julie ne craint pas le sang. Mieux. Elle l'adore, l'encense. À sa vue, des étincelles pétillent dans ses yeux, des remous enfiévrés tournoient dans son ventre. « Rien n'est plus excitant, proclame-t-elle. Sans lui, pas de vie. »

Elle allait être servie !

Paul traverse le parc, insensible à ce qui l'entoure. Il se souvient du jardin de son enfance et du buisson, creusé à sa taille, dans lequel il se réfugiait et imaginait un destin prodigieux dans laquelle il serait aimé à l'égal d'un dieu ou d'un nourrisson. Grâce à Julie, le rêve s'était accompli. À cause de Julie, il avait explosé ! Ses débris, volatilisés en cendres invisibles, ne rempliraient pas un dé à coudre.

D'un geste rapide, le jeune homme vérifie le contenu de sa poche intérieure gauche, si près de son cœur fragile.

À la sortie du parc, il croise une voisine de Julie, la vieille Mme Léchiquier, le visage hagard, au bras de Leila, sa dame de compagnie. Il lui envierait presque sa maladie. Perdre jusqu'au souvenir de la souffrance. Revenir en enfance et tout recommencer. Écrire une nouvelle vie sur une mémoire vierge.

Une silhouette le frôle, le regard malicieux sous des cheveux parfumés. Le cœur de Paul Verbure bondit. Sa main s'engouffre sous son manteau. Une tache écarlate éclabousse son cerveau.

À la fois proche et lointaine, une voix mélodieuse l'enveloppe avec douceur :

— Vous ne vous sentez pas bien, monsieur ? Vous êtes si pâle.

Il se redresse, aspire l'air frais à grandes lampées, les doigts crispés sur sa poitrine. Il doit protéger à tout prix le contenu de la poche intérieure gauche.

— Merci, tout va bien, tout va bien… Un simple étourdissement.

Il reprend son pas. Une-deux-une-deux. Il s'apostrophe, s'invective : « Imbécile ! Ce n'était qu'une ressemblance !

« Oui, mais le regard...

« Elles ont toutes le même regard, les mêmes yeux, tu n'as donc pas compris ?

« Oui, mais le parfum...

« Le parfum, le parfum ! Encore une qui s'est aspergée pour épingler un naïf de ton espèce ! »

Seule Julie avait réussi à interrompre cette voix qui discourait nuit et jour dans sa tête depuis que ses oreilles s'étaient ouvertes au monde.

Paul Verbure s'engage dans la rue du Parc. Il s'arrête devant le numéro 18, le petit immeuble où vit Julie. Cernée par des barrières de sécurité, la vieille bâtisse se dresse, solitaire parmi les gravats de ses congénères. Un peu plus loin, un gratte-ciel commence à émerger de terre.

Dans une autre vie, Paul Verbure avait espéré, lui aussi, que cette construction insignifiante serait classée. Quelle importance, aujourd'hui ?

Hier, dans le salon de thé de Mme Moineau, il avait attendu que résonne le déclic ressenti lors de sa première sortie avec Julie. Au bout d'une heure, l'âme et le corps vides, il s'en était allé sous le regard désolé de la pâtissière, déconcertée qu'on puisse bouder ses choux à la crème.

Paul monte l'escalier en gardant la cadence.

Premier étage, au fond du couloir. Devant la porte, le paillasson lui souhaite la bienvenue en lettres majuscules. Il pourrait toquer. Trois coups suivis d'un silence, suivi de deux coups. Elle ouvrirait, lui sauterait au cou.

Imbécile !

Il plonge la main dans sa poche et serre, à s'en faire mal, la clef qu'il a conservée. Julie travaillait la nuit dernière. La surprendre dans son sommeil faciliterait les choses.

Il le sait. Seules les lésions, les plaies, les blessures, physiques ou morales, enfièvrent la peau de Julie de frissons voluptueux le long d'un triangle parfait qui chemine de son entrecuisse à la pointe des seins. La lecture des poèmes attise le feu qui l'embrase jusqu'au moment ultime où, mêlant son intimité à celle de ses patients, elle échange son extase contre leur douleur.

Ce traitement original, non répertorié par la Faculté, a son revers. Pour la soignante au minois angélique qui se qualifie de « *médicamante* », un malade guéri est un amant perdu.

Paul Verbure l'a compris trop tard.

À l'instant où le monde lui apparaissait enfin riche d'attraits, la Julie qui avait fait vibrer son âme et son corps l'abandonna pour d'autres souffreteux plus estropiés que lui. Ce message, le Dr Noiraud avait tenté de le lui adresser à sa sortie de l'hôpital. En vain.

Sur le palier flotte une odeur de seringat.

— Le parfum des amoureux ! avait-il affirmé en le lui offrant.

Elle avait souri, le regard absent.

— Le seringat ? N'est-ce pas léger pour qui prétend aimer ?

Il s'était enflammé :

— Que désirez-vous ? Demandez, je vous le donnerai. Ordonnez, je l'exécuterai.

Il déboutonne son manteau, glisse la main dans la poche intérieure droite et extirpe l'enveloppe. Il en retire la lettre et la photographie de lui et Julie prise devant les étals du marché qui se tenait deux fois par semaine le long des grilles du Parc. Serrés l'un contre l'autre, joue contre joue, son visage grave contraste avec les yeux rieurs de la jeune infirmière.

Ce jour-là, en désignant d'une main légère la table d'un maraîcher, Julie avait déclamé, en esquissant un pas de danse : « *Voici des fruits, des fleurs, des feuilles et des branches…* »

Les onze mots que Paul Verbure a écrits résonnent en écho. Rien à ajouter. Il glisse la feuille de papier dans l'enveloppe, avec la photographie, et pose le tout sur le paillasson.

Au tour de la main droite de s'approcher de la poche intérieure gauche. Il s'encourage, avec la véhémence qu'il affichait, enfant, avant de franchir chaque matin le portail de l'école, sous les quolibets de ses camarades : « Face de carême ! Face de Lune ! »

Sa main droite se crispe.

« Quoi ! Tu hésites ? Tu espères, encore ? Allons, le moment est venu. »

Paul Verbure presse la rotondité enfermée dans la poche intérieure gauche de son manteau. Aura-t-il la force d'accomplir le geste inévitable et de disparaître, loin des apparences, vers un ailleurs qu'il souhaite meilleur ?

Pure illusion. Seul un réflexe archaïque de survie alimente ce genre de rêves. Les gens de son espèce, tombés par inadvertance dans ce monde d'automates, s'évanouissent sans laisser de trace.

De la poche intérieure gauche de son manteau, il retire un paquet emballé dans plusieurs feuilles de plastibulle. Il l'ouvre avec précaution.

La veille, il avait pris soin de répéter l'enchaînement des gestes à effectuer.

Cette fois, le commandant Mangin ne lui reprochera pas, de sa voix lugubre, son manque de discrétion. S'il le pouvait,

Paul s'excuserait auprès de Mme Moineau. Plus jamais ses choux à la crème n'auront le gout sucré du premier baiser.

Julie est la seule responsable. Avec sa gueule de sainte-nitouche, elle trompe bien son monde, cette salope ! Il faut en finir !

Il ouvre le paquet. Vérifie son contenu. Tout est là. Le sang va couler.

Il ôte son manteau. Sa veste. Sa chemise. Serre le garrot autour de son bras. Plante l'aiguille dans la veine. Plonge le tube en caoutchouc dans une petite bouteille ventrue en forme de cœur. Un vieux flacon de parfum, déniché dans un vide-greniers. Transparent. Moulé dans un verre si fragile qu'il volerait en éclats si on venait à le presser trop fort.

Le visage austère, il l'observe se remplir jusqu'à déborder. Retire l'aiguille. Une dernière goutte de sang, tombée du tube, se mêle au rouge du paillasson. Visse le bouchon avec précaution, insensible au vacarme de son cœur assoiffé, pris au piège entre les barreaux de sa cage thoracique, soudain trop étroite.

En posant le flacon sur l'enveloppe où sont rangées la photographie et la lettre, il murmure, la voix blanche, les mots empruntés au poète : « ...*et puis voici mon cœur qui ne bat que pour vous.* »

Onze mots, serrés sur une seule ligne, encadrés de guillemets comme le veut l'usage.

À qui Julie attribuera-t-elle les initiales de la signature ? Paul Verbure s'en moque. Il jette la clef sur le paillasson, enfile sa chemise, sa veste, son manteau. Un masque cadavérique sur le visage, la main crispée sur la rampe, il descend, les pieds pesants, l'escalier, pour la dernière fois.

C'est à peine s'il remarque Margot, la voisine de Julie.

Les traits tirés, les cheveux masquant ses yeux, le regard fixe, elle gravit les marches avec peine.

Ils se croisent sans se voir.

Elle rentre du commissariat, la tête saoule des paroles du commandant Mangin.

Il quitte ce monde régi par des règles obscures qui ne le concernent pas.

Dans la rue, les oreilles saturées par le fracas des camions, les claquements des engins de démolition, les gémissements des pierres écroulées, Paul n'entend pas le hurlement de terreur de Margot ni le bruit mat de son corps écroulé sur le sol.

Margot
Vendredi 16 h 55

Le cri de Margot se répercute dans toute la maison. Alice en laisse tomber sa boîte à secrets. Simon sort en trombe. Leila le suit. Mme Moineau et Eléonore Montereau, la femme du peintre, les rejoignent. Le Dr Noiraud accourt, des miettes de choux à la crème au coin des lèvres. Camille apparaît sur le seuil de sa porte, la silhouette éthérée dans une robe de chambre à fleurs, le visage transparent. Le jeune Émilien dévale l'escalier, cahier de croquis et crayon à la main. En silence, le regard tendu, il enchaîne les dessins, comme autant d'instantanés, en rythmant ses pochades par des mouvements vifs de la tête. Amélie, sa voisine, observe la scène, d'un œil indifférent, depuis la balustrade du deuxième étage. Voilà longtemps qu'elle ne se mêle plus aux autres.

Margot gît sur le palier, maculée de sang, au milieu de débris de verre.

Alertée par le bruit, Julie ouvre sa porte, vêtue d'un pyjama, le visage ensommeillé.

À côté du corps inanimé de sa voisine, elle découvre l'enveloppe et la clef qu'elle avait confiée à Paul Verbure. Elle comprend.

Le Dr Noiraud, aussi.

Simon a besoin d'une inhalation de Ventoline avant de pouvoir s'approcher. La vue du sang a le même effet sur lui que la poussière.

Ils aident Margot à se relever. Pas de blessures. Le choc a été rude. Ça ne pouvait pas tomber plus mal. Fichue semaine pour la jeune femme.

Le Dr Noiraud expliquera au commandant Mangin, venu constater les faits, que le flacon rempli de sang, abandonné sur le palier, était l'œuvre d'un détraqué.

— Un fou d'amour ! La pire souffrance ! a corrigé Mme Moineau, en enveloppant Julie d'un regard réprobateur.

— Pauvre garçon, s'est attendrie Camille. Heureusement que mon petit Pierrot est absent.

Émilien a regagné son appartement après avoir croqué la scène à coups de crayon. Rapides, précis, ses dessins valent tous les discours.

Amélie est rentrée chez elle, sans un mot. Personne n'a entendu sa voix depuis plusieurs semaines.

Samuel Dieulefit, sûr que ses jambes ne résisteront pas à l'ascension, a demandé des nouvelles depuis le bas de l'escalier.

Julie, les traits tendus, accompagne Margot chez elle.

— Je suis désolée.

— Plus de peur que de mal, soupire Margot. Je ne supporte pas la vue du sang.

Le commandant Mangin est passé prendre sa déposition, le regard invisible derrière ses grandes lunettes noires.

— Souhaitez-vous porter plainte ?

— Vous faites de l'humour, commandant ? Ce n'est pourtant pas votre genre.

Mangin a tripoté sa boucle d'oreille. Sans doute s'est-il montré trop brusque tout à l'heure au commissariat, lors de l'entrevue avec Margot, à propos de ses enfants. Trop tard pour revenir en arrière. Et puis, il n'est pas homme à s'excuser.

Après son départ, recroquevillée au fond du canapé, le visage en larmes, Margot sent la rage l'envahir. Une lame de fond, longtemps retenue, déborde, rompt les digues, fracasse ses dernières résistances. C'en est trop ! Trop ! Trop !

Elle se redresse, renverse la table basse et, en poussant des *han* de bucheron, piétine le courrier accumulé depuis des jours.

L'explosion de ce flacon plein de sang, sous ses pieds, constitue le point culminant de la semaine la plus noire de son existence.

Tout a commencé il y a cinq jours.

Cinq jours pendant lesquels la jeune femme au visage de poupée, que l'on prendrait pour une adolescente peu pressée d'entrer dans le monde des adultes, s'était transformée en une petite chose fragile qu'un rien pouvait briser.

Quelques heures avaient suffi pour ternir ses cheveux blonds, éteindre tout éclat dans ses yeux verts, creuser ses joues et graver entre ses sourcils deux sillons profonds, à jamais indélébiles.

Ses enfants, Romain, six ans, et son frère Alexandre, de quatre ans son aîné, avaient disparu.

La dernière fois qu'elle les avait vus, ils jouaient dans le Parc, de l'autre côté de la rue, en face de l'immeuble.

C'était lors d'un de ces dimanches interminables où elle se morfond dans son appartement dans l'attente de ses loupiots, en week-end chez leur père.

Par la fenêtre, jumelles aux yeux, elle les avait observés alterner les passes et les tirs au but, vêtus d'un jean et d'un tee-shirt, persuadés de porter à tour de rôle le maillot de Zizou ou celui de Barthès, vieux héros du football adulés par leur père.

Quand Romain avait envoyé le ballon par-dessus le massif de lauriers-roses, derrière la grille du parc, elle avait vu les deux garçons se quereller. Elle connait leurs répliques par cœur.

Alexandre, le front buté : c'est ta faute ! C'est à toi d'aller le récupérer !

Romain, ironique : même pas cap' de rattraper un ballon !

Elle les avait vus s'engager dans l'allée après avoir regardé en direction de la pelouse. Couché au pied d'un marronnier, vêtu d'un vieux jean et d'une chemise froissée, les pieds nus, leur père, Thomas, dormait, un livre ouvert sur le ventre, la main posée sur la boîte de choux à la crème prévus pour le goûter.

Dernière image qu'elle garde de ses petits.

Ensuite, ne les voyant pas rentrer, folle d'inquiétude, elle avait ameuté la maisonnée et couru jusqu'au commissariat.

Depuis six mois, les deux frères partagent la vie de leur père un week-end sur deux. Depuis six mois, Margot refuse l'idée même de se trouver loin de ses enfants. En leur absence, le temps s'étire sans limites et chaque heure passée se transforme en jour, en mois, en année. Quand elle récupère ses petits, le dimanche soir, elle s'étonne qu'ils n'aient pas grandi davantage pendant cette longue séparation.

Comment peuvent-ils s'entendre avec ce père taciturne qui s'inquiète, pour la forme, des résultats scolaires et achète leur complicité en les emmenant au MacDo se goinfrer de frites, de cheeseburgers et de Coca ?

Que s'est-il passé, ce jour-là ?

Malgré ses défaillances, Thomas doit avoir, au minimum, conscience de ses responsabilités.

Mais lui aussi a disparu.

Les yeux masqués par de grandes lunettes noires, le commandant Mangin avait écouté Margot avec une attention polie en passant la main sur son crâne dépouillé quand il ne caressait pas l'anneau doré accroché à son oreille gauche.

Margot le rencontrait pour la première fois. Silhouette fragile, visage étrange, pouvait-elle lui faire confiance ?

La voix tremblante, elle décrivit son ex-mari et ses enfants. Thomas : cheveux tombants, visage osseux, lunettes métalliques. Romain : brun, trapu, cheveux courts dressés sur le crâne, lunettes bicolores, rouge et bleue. Alexandre : fin, élancé, cheveux blonds en pétard, têtu. Son divorce ? Sa meilleure décision depuis l'erreur de son mariage. Les enfants s'en étaient accommodés. En tout cas, ils n'en parlaient pas.

Mangin s'était frotté le crâne, les yeux mi-clos derrière ses grands verres noirs. L'attitude de Margot, sur la défensive, ne lui avait pas échappé. Comment lutter contre la rumeur ? Les gens accordent plus d'importance à leurs fantasmes qu'à la vérité des choses. Ceux qui ont surpris le policier sans ses lunettes en ont rajouté, faute de savoir. Seuls ses anciens collègues connaissent l'histoire. Et le Dr Noiraud... tenu au secret.

Rentrée chez elle, Margot s'était effondrée sur le canapé, le téléphone dans la main, les yeux rivés sur la photo où on la voit enlacer ses garçons, leurs trois visages serrés l'un contre l'autre, joue contre joue.

Elle a porté plainte. Thomas ne voulait pas divorcer. N'avait-il pas loué un studio en lisière du parc pour se rapprocher des enfants ?

« Je ne pourrai pas vivre sans les gosses », gémissait-il.

Et elle ? A-t-on la moindre idée de sa souffrance ? Obligée d'appliquer une décision de justice inique ! Contrainte de se séparer de ses petits pendant une journée et demie, deux fois par mois, tous les mois, sans compter les vacances ! Elle en devenait folle !

Thomas l'avait prévenue, elle ne sait plus quand ni à quel propos : « j'emmènerai les enfants... »

Il les a enlevés. Aucun doute !

Sous son aspect étriqué, il cachait bien son jeu.

Dans son studio, on a retrouvé les cartables des enfants et les vêtements qu'ils portaient avant leur disparition.

Des promeneurs, présents dans le parc ce dimanche-là, se souviennent avoir vu les garçons jouer au foot pendant que leur père dormait. Quelqu'un les a croisés devant le portail. Un autre les a vus manger des choux à la crème avec leur père.

Le témoignage d'un clochard ne fut pas retenu. Il soutenait que les disparus s'étaient fait happer par l'appareil photo d'un touriste japonais à la façon des moustiques piégés par la langue protractile du caméléon. On l'avait renvoyé cuver sa vinasse sur son carton, d'autant que le touriste japonais s'était présenté de lui-même au commissariat. Sur sa photo, prise à l'entréc du Parc, on distingue Thomas, Alexandre et Romain traverser le passage pour piétons.

Mme Moineau, confirma avoir servi aux enfants des choux à la crème, comme tous les dimanches. Leur père les accompagnait.

Les jours suivants, Margot se terra dans son appartement, porte fermée et volets clos, à l'écoute du silence, dans l'espoir d'entendre les rires et les chamailleries de ses garçons. Les bras serrés autour de sa poitrine, elle s'imaginait, en hoquetant, les presser sur son cœur, se fondre en eux. Chaque nuit, dans ses cauchemars, Alexandre et Romain tendent leurs bras torturés vers elle sans qu'elle parvienne à les saisir.

Aucune des tentatives de ses voisins, Mme Moineau, Julie, Leila, Éléonore, Dieulefit, ne réussit à la sortir de son apathie.

Même Simon Léchiquier, pourtant habile négociateur, avait renoncé.

Jusqu'à ce matin.

La sonnerie du téléphone fait sursauter Margot en sanglots devant l'album photo.

— Commandant Mangin à l'appareil. Nous avons quelque chose, annonce-t-il d'une voix lasse.

Margot ouvre la bouche. Mangin poursuit :

— Ils ont quitté la France.

— Quitté la France ! Mais...

— Ils ont embarqué à Roissy Charles de Gaulle.

— Mais quand ?

— Le jour de leur disparition.

Malgré la température clémente, Margot grelotte.

— Où sont mes enfants ?

— Aux États-Unis.

— Aux États-Unis ? Mais que font-ils aux États-Unis ?

— Nous l'ignorons. Ils se déplacent en voiture. Interpol est sur le coup. Je vous rappelle dès que j'ai du nouveau.

Écroulée au sol, Margot pleure et rit à la fois. On les a repérés. On va les rattraper. Ce n'est plus qu'une question d'heures.

Elle se précipite sur l'aspirateur et les produits d'entretien. Nettoyer son appartement de fond en comble devient un besoin impérieux. Un espoir, absurde, l'anime. Retrouver un objet qu'elle a égaré. Elle ne sait plus quand, elle ne sait plus quoi.

Après avoir vidé trois sacs-poubelle remplis de documents périmés et de magazines poussiéreux, elle annonce la nouvelle à ses voisins. Julie et Leila la rejoignent dans le salon de thé de Mme Moineau. Alice Léchiquier, participe à la fête, heureuse, sans en comprendre la raison, de sentir toute cette excitation autour d'elle. Camille, trop fatiguée, décline l'invitation. Éléonore, préoccupée par l'état de son mari, obnubilé par la toile qu'il peint, téléphone pour dire son soulagement. Samuel Dieulefit arrive à son tour, en même temps qu'Émilien armé de son carnet de croquis. Inutile d'attendre Amélie. La petite du deuxième est devenue invisible.

Dégustant un thé aux fruits rouges devant un plateau de choux à la crème, chacun anticipe la joie de revoir Romain et Alexandre, explorateurs, malgré eux, du Nouveau Monde.

De retour chez elle, Margot, incapable de tenir en place, s'attaque au courrier entassé sur la table basse. Le téléphone sonne au moment où elle pose la main sur une enveloppe bleue, affranchie avec un timbre illustré d'un personnage qu'elle n'a pas le temps d'identifier.

— Commandant Mangin à l'appareil. J'ai du nouveau.

— Vous les avez retrouvés ?

— Je vous attends.

Le combiné contre l'oreille, Margot reste immobile avant de prendre conscience des bips qui s'égrènent en une mécanique assourdissante.

Elle prend son sac, dévale l'escalier et vole jusqu'au commissariat, étrangère à la foule colorée qui circule entre les étals du marché, insensible aux camions qui charrient, dans le bruit et la poussière, les décombres des immeubles détruits.

Le commandant Mangin, après l'avoir observée un long moment derrière ses lunettes noires, l'introduit dans une petite pièce sans fenêtre, éclairée par un néon froid, fixé au plafond.

Pourquoi la fait-il attendre ?

Pourquoi ne lui a-t-elle rien demandé alors que mille questions se pressent dans sa tête ?

Margot patiente, immobile sur sa chaise, le dos bien droit, fascinée par une punaise rouge fichée dans le mur gris. Surtout, n'exécuter aucun mouvement, physique ou mental, qui pourrait détraquer un espace-temps figé dans une répétition sans fin. Accrocher son regard au petit clou à tête plate constitue le moyen le plus sûr pour ne pas disparaître. Aussi ne répond-elle pas quand on lui propose un café ou un thé ou un verre d'eau, enfin une boisson quelconque.

À son retour, le commandant Mangin, les traits tirés, paraît vieilli.

Il tient une feuille imprimée dans une main et passe l'autre sur son crâne lisse avant de caresser sa boucle d'oreille. Suivant le regard de Margot, il fixe, à son tour, la tache rouge que dessine la tête de la punaise sur le mur gris.

Il s'en approche et distingue un coin de papier accroché à la punaise. Le front soucieux, il prend le temps de se demander, sans pouvoir y répondre, de quel document ce pourrait être le vestige.

Le souvenir d'un autre papier, reçu l'année dernière, vient le surprendre.

Une lettre qu'il avait lue et relue.

Une lettre qu'il aurait voulu transformer, effacer les mots, les modifier, changer l'ordre des signes, créer d'autres mots, d'autres phrases, légères, transparentes.

C'est la grande tristesse des mots. Une fois déposés sur le papier, ils restent cloués sur place, prisonniers de phrases au sens définitif, captifs comme un oiseau dans une cage.

Depuis, le commandant Mangin porte des lunettes noires en toutes circonstances.

Quand il remue les lèvres, l'écho de ses paroles, renvoyées de mur en mur, rend ses propos confus aux oreilles de Margot.

— Vos enfants se trouvent bien aux États-Unis. Avec leur père.

Le visage de Margot s'éclaire, mais ses yeux reflètent l'effroi.

Quelle abominable nouvelle va-t-on lui annoncer ?

— Vous les avez retrouvés ? Ils vont bien ?

— Pour des touristes, ils vont bien.

— Touristes ?

— Aujourd'hui, ils font une pause à Las Vegas. Hier, ils ont visité le *Zion National Park*.

— Las Vegas ? *Le Zion National Park* ? Qu'est-ce que ça veut dire ?

Le commandant Mangin marche d'un mur à l'autre avant de se planter devant Margot. À nouveau, il se masse le crâne et triture l'anneau qui orne son oreille.

D'un geste brusque, il ôte ses lunettes noires. Ses petits yeux gris, aux éclats acides, se fichent dans ceux de Margot.

— Vous ignoriez qu'ils se trouvaient aux États-Unis ?

Le visage nu de Mangin déconcerte quand il n'effraie pas. Margot voudrait détourner son regard, s'accrocher à la punaise rouge sur le mur gris. Que manque-t-il sur la face de Mangin ? Un frisson la parcourt. Elle réussit à se lever, la gorge serrée. Les mots peinent à trouver un chemin.

— Allez-vous m'expliquer ? Mon ex-mari emmène mes enfants à l'autre bout du monde et vous restez imperturbable ! Il les a enlevés !

— Ils sont en vacances. Ils visitent les parcs nationaux américains. Leur père assure que vous le saviez.

Les yeux hagards, Margot retombe sur sa chaise et se relève aussitôt, tremblant de la tête aux pieds.

— En vacances ?

Mangin remet ses lunettes. Son visage, bien qu'en grande partie masqué, retrouve une apparence, sinon ordinaire, du moins supportable. D'une voix fatiguée, il explique.

— Votre mari a la garde des enfants pendant la moitié des vacances. Il vous a informée de leur départ aux États-Unis.

— Mais c'est impossible !

Mangin lui montre la feuille de papier.

— Je viens de la recevoir. L'autorisation de sortie du territoire de Romain et d'Alexandre. Vous reconnaissez votre signature ?

Les lettres dansent devant la vue brouillée de Margot. Le commandant la retient à temps et l'aide à se rasseoir. Il lui tend un formulaire :

— Signez ici. Simple formalité pour le retrait de la plainte.

Il ajoute, la main arrêtée sur son crâne : ils rentreront d'ici une semaine.

Margot quitte le commissariat en titubant. Elle aspire une longue bouffée d'air jusqu'à sentir ses poumons sur le point d'exploser. Elle voudrait que le hurlement qui fuse de sa poitrine se transforme en bombe incendiaire dirigée contre son ex. La moitié des vacances ! C'est intolérable !

Le souvenir de l'enveloppe bleue, trouvée parmi son courrier, lui perfore les entrailles. Elle reconnait la silhouette reproduite sur le timbre : *la statue de la Liberté*. Et aussi cette écriture familière, au graphisme enfantin.

C'est en rentrant chez elle qu'elle a écrasé le flacon de verre rempli de sang, posé sur le paillasson de Julie. Cette mésaventure lui aura permis d'oublier un moment le regard suspicieux de Mangin et ses traits cauchemardesques. Visage inachevé, modelé par un savant fou.

Encore huit jours à attendre. Son ex paiera cher la torture qu'il lui inflige.

La réunion chez Camille, ce soir, lui changera les idées, si l'on peut s'exprimer ainsi. Mme Moineau a refusé d'y assister. Elle offrira, quand même, une boîte de choux à la crème. Aucun des autres voisins ne manquera à l'appel.

Sauf Amélie, de plus en plus isolée.

Margot s'assoupit quand des coups, frappés à sa porte, accompagnés de la voix de Leila, dans l'aigu, la réveillent en sursaut.

— Mme Léchiquier a disparu !

L'accablement règne dans le salon de thé de Mme Moineau.

— Mme Léchiquer a profité de notre présence autour de Margot pour se sauver, raconte Leila, la voix tremblante.

— C'est fréquent que les personnes dans cet état s'enfuient, rappelle le Dr Noiraud, sans que cela rassure personne.

Le commandant Mangin a envoyé une patrouille à sa recherche. Simon sillonne le quartier, une photo de sa mère à la main. Où une vieille femme, privée de mémoire, peut-elle errer ?

— Voilà plusieurs jours qu'elle parlait d'un rendez-vous, ajoute Leila, le visage en larmes.

Mme Moineau lève les sourcils.

— Quel rendez-vous ?

— Je l'ignore. Un rendez-vous interdit par sa mère. C'est absurde !

— Tout dépend de son niveau de régression, explique le Dr Noiraud, en caressant sa barbe. Cela ressemble fort à une fugue d'adolescente.

— Une adolescente dans le corps d'une vieille femme, sourit le vieux Samuel Dieulefit en se laissant tomber sur une chaise. Serait-ce un rendez-vous galant ?

— Elle va s'épuiser, s'angoisse Éléonore. La nuit tombe. Je crains le pire. Tenez-moi au courant. Je dois rejoindre mon mari. La toile qu'il peint le met dans un état que je ne saurais décrire.

— On la retrouvera, assure Margot. On a bien retrouvé mes enfants. En Amérique ! Je doute que Mme Léchiquier aille si loin.

Julie rompt le silence d'une voix douce et ferme à la fois :

— Nous ne pouvons rien faire qu'espérer. Le commandant Mangin et M. Léchiquier nous préviendront s'il y a du nouveau. À présent, vous vous souvenez que Camille nous attend. Elle compte sur nous. Nous devons nous montrer à la hauteur.

Tout le monde monte chez Camille. Même Mme Moineau. Une grande boîte de choux à la crème dans les mains, la pâtissière répète que sa présence ne signifie pas qu'elle a changé d'avis. Elle désapprouve, plus que jamais, l'objet de cette réunion. Mais, pour rien au monde elle ne se dérobera à l'appel de Camille.

L'ancien bibliothécaire, Samuel Dieulefit a causé la surprise en se décidant à grimper jusqu'au deuxième étage.

— Sans doute la dernière fois que mes vieilles jambes réalisent cet exploit... Et puis, j'ai entendu que vous passiez du Bach... Cantate 147, si je ne me trompe ? *Jésus que ma joie demeure*. Alors, soyons joyeux.

Camille l'a embrassé, les larmes aux yeux.

Émilien, le crayon tournoyant, a croqué l'instant. Depuis que les mots, un soir de son enfance, ont explosé hors de sa bouche en fragments douloureux, le jeune homme a remplacé le verbe par le dessin. Parfois, selon son interlocuteur, il consent à émettre un borborygme ou une vague onomatopée entre ses dents serrées.

— Un faux muet se plaît à rappeler Mme Moineau avec tendresse. Il est, à lui seul, la mémoire de la maison. Si la bastide est détruite, il nous restera ses croquis pour nous en souvenir.

La musique emplit l'appartement d'ondes chaleureuses.

Une coupe de champagne à la main, chacun attend, dans une attitude proche du recueillement, que Camille prenne la parole.

— Grégoire viendra demain.

D'habitude, l'inflexion naturelle de sa voix feutrée transforme le moindre de ses propos en histoire merveilleuse. Et ses auditeurs, tous âges confondus, se métamorphosent en jeunes enfants aux yeux étincelants.

Mais pas ce soir.

« Je ne l'ai pas revu depuis plus de dix ans.»

— Ne t'inquiète pas, la rassure Julie.

— Pierrot sera là. J'ignore comment il réagira.

— Tout se passera bien, ajoute Margot. Tout est prêt.

— C'est bien ce qui me révolte, s'écrie Mme Moineau, le menton tremblant. Tout est prêt ! Et personne ne s'en offusque ! Personne ne trouve cela anormal !

Pierrot
Samedi 16 h 55

Face à face.

L'homme et l'enfant s'observent en silence.

Les yeux de l'enfant, démesurés dans son visage étroit, ressemblent à ces galets sombres, polis par les vagues, qui perdent leur éclat quand la mer se retire.

L'homme marche, les mains dans les poches d'un blouson gris à capuche, la tête penchée en avant. Va-et-vient de la porte à la fenêtre, de la fenêtre à la porte. Parfois, il lance un regard interrogateur au garçon immobile et contourne la table, tantôt par la gauche, tantôt par la droite. Avec son jean délavé et ses basquets usés, il ressemblerait à n'importe quel adolescent d'aujourd'hui s'il n'avait déjà dépassé la trentaine de quelques années. Celles qu'il a perdues entre quatre murs, loin du monde, et qu'il préfère oublier.

Voilà un moment qu'il se trouve dans l'appartement de Camille. Dans sa lettre, elle lui donnait rendez-vous chez elle, vers cinq heures du soir.

« *Ce sera l'heure du goûter. Tu passeras prendre une boîte de choux à la crème à la pâtisserie Moineau en bas de l'immeuble. Ils sont divins. Mon Pierrot les adore. Si je suis en retard, tu lui tiendras compagnie. Ne t'inquiète pas s'il te paraît bizarre.* »

Il s'inquiète plutôt de ne pas savoir ce qu'elle lui veut. Pourquoi le faire venir dans ce quartier défoncé ? Gonflée la Camille. Après toutes ces années de silence.

Un bruit, de l'autre côté du mur, l'arrête. Dans ces vieux bâtiments, l'isolation phonique est aussi déplorable qu'en taule. Sans parler du grabuge dans sa tête. Bourdonnements, sifflements, tintements sonnent à ses oreilles dès que le calme l'environne. « Ce sont des acouphènes, lui avait expliqué le Dr Noiraud qui assure une permanence à la prison une fois par mois. Si c'était des voix, on parlerait d'hallucinations auditives. Il vous faudra vive avec. »

L'homme se plante devant l'enfant.

— Qu'est-ce que t'as à me regarder ? Tu n'as rien d'autre à faire ?

Le garçon le fixe d'un œil froid, austère.

L'homme n'a pas l'habitude des enfants. Il le trouve tout de même petit pour son âge. Dix ans, d'après Camille. Prénom : Pierre. *Pierrot*, pour les proches, sous prétexte qu'il est toujours dans la lune.

— Comment vous appelez-vous, monsieur ? Votre nom, patronyme, appellation ?

La voix sonne grave pour un gosse. Son phrasé lent et monocorde surprend l'homme autant que le choix des mots.

— Grégoire, mais on m'appelle Greg.

— Comment l'ignorer puisqu'elle me l'a dit, appris, informé ?

— *Elle* t'a peut-être dit aussi que j'avais rendez-vous avec *elle*.

La voix frise l'agacement. L'enfant ne réagit pas. L'homme sent un frisson courir dans son dos. Il secoue la tête et reprend sa marche.

La lettre de Camille est consacrée à son fils.

À huit mois, il est placé dans une famille d'accueil, le temps pour elle de se remettre d'une overdose. À deux ans, elle est autorisée à le garder, accompagnée par une équipe médico-sociale. Depuis, il est suivi dans un établissement spécialisé. Intelligence supérieure, mais comportement singulier. A parlé très tôt un langage riche, peuplé de synonymes. Ne répond pas aux questions, mais ne cesse d'en poser. Appelle sa mère « elle » ou Camille. N'a jamais prononcé le mot « *maman* ».

Pierrot pointe un doigt vers Greg.

— Dites, quand je serai grand, vous me la donnerez, céderez, offrirez ?

— Te donner quoi ?

— Vous me la donnerez votre casquette, couvre-chef, coiffure à visière ?

D'un geste machinal, Greg porte la main à sa visière, la remonte et la rabaisse sur son front. Un N et un Y entrelacés, jaune fané, ornent la toile bleue, délavée par des années d'usure. Seul héritage que lui a laissé son père après avoir craché ses poumons, bouffés par l'amiante.

Greg s'agenouille devant l'enfant. Il tente de déchiffrer une once d'émotion dans les yeux grands ouverts fixés sur lui.

— C'est ça que t'arrêtes pas de regarder depuis tout à l'heure ?

— Avec cette casquette, n'est-ce pas que je vous ressemblerai davantage, encore plus, encore mieux ?

— Pourquoi veux-tu me ressembler ? C'est la première fois qu'on se voit.

Impassible, le visage de Pierrot, auréolé de boucles blondes, rappelle à Greg les statues des anges plantées dans les allées du cimetière où son père repose.

— N'est-ce pas l'idée de Camille ? Ne dit-elle pas qu'en plus je vous ressemble ? Que nous avons des traits communs, semblables, apparentés ?

— En plus de quoi ? Je vois pas ce qui nous rapprocherait.

Greg se redresse en se massant les reins. Une douleur sourde qui date de sa première nuit passée en prison.

« Vous êtes en colère de vous retrouver enfermé et vous ne pouvez pas le montrer, avait diagnostiqué le Dr Noiraud en peignant sa barbe, taillée en pointe, du bout des doigts. Il avait précisé en hochant la tête : les lombaires qui protestent, c'est classique quand on ne peut pas crier après quelqu'un ou lui foutre son poing dans la gueule ! Si vous y ajoutez l'absence de femmes, ne vous étonnez pas que ça fasse des étincelles ! »

Greg contourne la table recouverte d'une nappe blanche sur laquelle il a posé la boîte de choux à la crème. Il serre les dents en repensant à la tronche de la pâtissière au nom d'oiseau quand elle l'a vu entrer dans sa boutique, affublé de son uniforme de banlieue, les joues piquetées d'une barbe de trois jours. Tu parles d'un blaze pour une meuf aussi ronde qu'un cerceau. Pour un peu, son chignon, dressé comme une pièce montée, s'effondrait.

— C'est pour offrir ? avait-elle demandé, la bouche pin-cée.

Malgré lui, il s'était entendu répondre :

— C'est pour Camille. Elle habite l'immeuble.

Le visage de la grognasse s'était illuminé.

— Alors, vous devez être Grégoire ! Je suis au courant. C'est bien que vous soyez venu. Elle m'a chargé de vous pré-venir qu'elle aura un peu de retard. Embrassez le petit Pierrot pour moi.

Le petit Pierrot ! Ce gosse lui fout les jetons, il ne sait pas pourquoi.

— Quand est-ce qu'elle rentre ta mère ? Elle m'avait donné rendez-vous à cinq heures.

— Camille ne dit-elle pas que je vous ressemble et, qu'à cause de cela, je n'ai pas de veine, chance, bol, pot ?

Greg hausse les épaules et reprend sa déambulation.

La pièce où ils se trouvent fait office de salon, salle à man-ger, cuisine. Face à la porte, un couloir dessert les chambres et la salle de bains. Sur les murs, des dessins, œuvres de Pier-rot à n'en pas douter, répètent à l'identique une succession de carrés noirs et blancs.

D'un geste mécanique, Greg baisse et remonte la visière de sa casquette. Sans regarder l'enfant, il marmonne :

— Le nombre d'âneries que ta mère peut débiter à la minute, la plus perfectionnée des calculatrices ne pourrait pas les compter. Elle était déjà comme ça quand je l'ai rencontrée. T'étais pas encore né. Ça a pas duré longtemps, nous deux. La dope, ça a jamais été mon truc.

Pierrot ne le lâche pas des yeux.

— Ne crains rien, petit, tu n'as aucune raison de me ressembler.

— Pourtant, quoi de plus normal que de ressembler à son père, géniteur, procréateur ?

Greg rejette sa casquette en arrière et saisit le garçon par les épaules. Sa voix tremble :

— C'est donc ça qu'elle t'a mis dans la tête, ta mère !

— Essayez-vous de me faire mal, souffrance, douleur, peine ? débite Pierrot, sans manifester le moindre trouble.

Greg lâche l'enfant. Il descend la visière de sa casquette au ras des sourcils.

— Écoute-moi bien ! Ta mère, elle raconte n'importe quoi. Ton père, je sais pas qui c'est, mais c'est pas moi ! Ta mère, elle raconte des salades pour que... pour que je lui donne du fric. C'est ça ! Mais rien à faire ! Ça marche pas ! Allez file ! Reste pas dans mes pattes ! Quand je m'énerve, je sais plus ce que je fais !

Il se remet à arpenter la pièce. Du même pas fébrile que dans sa cellule.

Remuer, bouger. Jambes, pieds, tête, bras. Chaque minute écoulée sans action pèse aussi lourd qu'une vie en perdition. Et sa vie, il ne veut pas la perdre. Maintenant qu'il a trouvé ce boulot de mécano dans un garage, les choses vont s'arranger. Sa mère a passé l'éponge. En lui remettant la lettre de Camille, elle avait soupiré en se mordant la lèvre. Greg la soupçonne de l'avoir lue, à cause d'une légère crispation sur son visage. Même froncement de sourcils que le jour où elle lui avait donné la casquette de son père, après l'enterrement.

— Cinq heures vingt ! Mais qu'est-ce qu'elle fout ?

Il croise le regard de l'enfant :

— Bon, Camille m'avait dit cinq heures. Maintenant je me casse ! Je sais pas pourquoi elle voulait me voir. Ça devait pas être si important.

Le dos tourné, Pierrot ne répond pas. C'est l'heure où il s'installe devant la fenêtre, le nez collé à la vitre. Dehors, la pluie tombe à fines gouttes. De la buée se forme sur le carreau. Du haut du deuxième étage, les machines de chantier et les gros camions ressemblent à des jouets. De rares passants courent se mettre à l'abri : avec le temps qu'il fait, on est mieux chez soi, pas vrai ?

Pierrot voit à l'intérieur de la tête des gens. Parfois, il y a des couleurs. Le plus souvent, c'est gris. Dans la tête de cette dame, qui traverse la chaussée, il aperçoit une forêt pleine de brouillard où ne pousse qu'un seul arbre. Sans feuilles, ni fleurs, ni fruits. Sans oiseaux ni écureuils.

Il n'a pas besoin de se retourner pour découvrir dans celle de Greg un carrefour où des routes se rejoignent, se coupent, s'enjambent, se superposent en un fatras gigantesque sans qu'il puisse deviner où elles mènent.

La porte s'ouvre en même temps que la sonnette émet deux notes malingres.

— Ah, enfin ! s'exclame Greg, prêt à partir.

Une femme entre.

Ce n'est pas Camille. Il la reconnaitrait entre toutes.

Ses cheveux blonds déroulés jusqu'au bas du dos, son nez retroussé, minuscule au milieu d'un visage tout rond, ses yeux en amande, variant du noir au gris selon son humeur, et sa bouche ouverte sur un sourire lumineux les jours de chance.

Une vraie bouille de clown qui passe du rire aux larmes sans prévenir.

La femme s'adresse à l'enfant.

— Bonjour, Pierrot, ta maman est là ?

C'est Julie, l'infirmière. Elle récite des poèmes à Camille et lui donne des médicaments. Dans sa tête, c'est aussi givré qu'un paysage de Noël sur une boîte de chocolats, sauf qu'il n'y a pas de chocolats. La lueur d'une bougie tremble derrière son œil droit.

Pierrot se tourne vers Greg. Dans la tête de Julie, la flamme brille avec plus d'intensité et le givre commence à fondre.

— Excusez-moi, monsieur, je ne vous avais pas vu. J'apporte des médicaments pour Camille.

— On l'attend, le gosse et moi, articule Greg, en s'efforçant de ne pas afficher sa déception.

— Et, bien, je repasserai. J'habite l'appartement du dessous.

Greg s'enhardit :

— Elle est malade ?

— Une nouvelle récidive, plus sévère que les autres, malgré les deux ablations.

— Ablations ? De quoi parlez-vous ?

Julie hausse les épaules.

— Il y a de quoi déprimer, croyez-moi. Si encore elle avait accepté les prothèses... Vous êtes de la famille ?

— Un ami. De quoi est-elle malade ?

Pierrot intervient :

— Et si cet ami s'appelait Grégoire, Greg, diminutif, petit nom ?

Julie tend une main chaleureuse.

— Grégoire ? Heureuse de vous connaitre. Camille m'a parlé de vous. C'est bien que vous soyez venu. Et vous n'avez pas oublié les choux à la crème. C'est bien. C'est très bien ! Elle ne devrait pas tarder.

Les yeux fixés sur la porte que Julie a refermée, Pierrot chuchote d'une voix atone :

— Savez-vous qu'elle a un chat, un matou, un minet dans sa maison ? Savez-vous ce qu'il y a dans la tête, le crâne, le cerveau des chats ? Des souris, des oiseaux et des chiens. Comment faire pour que les oiseaux et les souris m'entendent quand je crie, appelle, hurle, lorsque le chat s'approche ? Pensez-vous, monsieur Greg, qu'avec votre grosse voix, vous parviendriez à les faire fuir, partir, déguerpir, disparaître ?

Greg hausse les épaules. Qu'est-ce qu'il fout, là avec ce gosse ? Si Camille est souffrante, il ne pourra rien faire pour elle. Il ne supporte pas les gens malades. Il aurait pu demander une autorisation pour rendre visite à son père, à l'hôpital. Il aurait pu. Il ne l'a pas fait. Inutile de se prendre la tête.

« Jeune homme, l'avait prévenu le Dr Noiraud, fuyez les regrets et les ruminations si vous ne voulez pas vous retrouver avec des tas de saloperies dans votre corps qui vous boufferont jusqu'à la moelle ! »

— Bon, écoute gamin. J'ai autre chose à faire qu'à penser à tes chats et à tes oiseaux. Ta mère m'a demandé de venir ce soir à cinq heures. Je suis patient, mais faut pas abuser. Je me casse.

La sonnette retentit de nouveau :

— Ah, j'espère que c'est elle ! s'écrie Greg.

Une autre femme se tient sur le palier. Ce n'est pas Camille.

— Bonsoir monsieur. Excusez-moi de vous déranger. Je suis Leila, la dame de compagnie de Mme Léchiquier, du premier étage. Vous ne l'auriez pas aperçue ?

Si ça continue, tout l'immeuble va défiler, ronchonne Greg.

— Je suis un ami de Camille, mais je ne connais pas cette Mme Léchiquier. Pierrot, t'as vu quelqu'un ?

L'enfant ne répond pas. Dans la tête de Leila, il y a des fleurs par centaines. La plupart, fanées.

— Je suis inquiète. C'est une vieille dame qui n'a plus toute sa raison. Elle est perdue en dehors de chez elle. Personne ne sait où elle se trouve. Elle a profité d'un moment d'inattention pour sortir.

Greg se retient pour ne pas hausser les épaules. Les problèmes des autres ne le concernent pas.

Leila le dévisage, l'air de jauger ses compétences avant de lui faire confiance ou de l'embaucher pour une mission périlleuse.

— Je suppose que vous êtes Grégoire. Je vois que vous avez pensé aux choux à la crème. C'est bien que vous soyez venu. Camille ne devrait pas tarder.

Les pas de Leila s'éloignent dans l'escalier.

« C'est bien que vous soyez venu ». À croire que tout l'immeuble était informé de son arrivée. Greg enfonce les mains dans les poches de son blouson et se remet à marcher.

— La prochaine sera peut-être Camille. Qu'est-ce que t'en penses ?

Pierrot ne détache pas son regard de la porte :

— Savez-vous qu'il y a des trous, failles, béances, gouffres, abîmes dans la tête de Mme Léchiquier ? Serait-elle tombée dedans ? S'est-elle perdue ? Sait-elle qu'elle s'est perdue, égarée, fourvoyée ?

Greg remonte et rabaisse la visière de sa casquette. C'est devenu un tic. Le même que son père, mort pendant son incarcération.

« De chagrin ! » lui avait rabâché sa mère.

À croire que l'amiante n'avait pas suffi. Seul lui reste le souvenir de sa main calleuse de maçon portée à sa casquette dans un mouvement fugace.

Sa mère la lui avait donnée après l'enterrement : « Porte-la, elle fera de toi un bon garçon ». Cette même casquette que ce gamin lui envie. Il suggérera à Camille de lui en acheter une. À l'effigie de Mickey ou d'autre chose. Il s'en fout.

— Bon. J'en ai ma claque. Je me tire.

Alors qu'il pose la main sur la poignée, la porte s'ouvre. Un jeune homme, les cheveux longs, ébouriffés, entre et se cogne à lui. La tête penchée sur le côté, il observe Greg en silence, puis, d'un geste rapide, crayonne sur un carnet qu'il tient en main.

Sur le croquis, le visage de Greg arbore une expression de stupéfaction, plus éloquente qu'une photographie. Avant qu'il ait le temps de prononcer un mot, le jeune homme grimace un sourire, quitte la pièce et se précipite dans l'escalier.

— Savez-vous qu'Émilien dessine, croque, trace des portraits, figures, caricatures ? ânonne Pierrot en se balançant d'un pied sur l'autre. Sa tête n'est-elle pas remplie de crayons et de taille-crayons, de papiers et de feuilles ?

Greg se ressaisit.

— Désolé, petit, je me casse !

Au même instant, une sonnerie tinte derrière lui. Pierrot pousse un cri et bat des bras, saisi tout à coup d'une excitation inattendue. Sous le regard interloqué de Grégoire, il se dirige à petits pas vers la cuisine en se dandinant, s'immobilise devant la pendule et scrute le cadran lumineux. Les chiffres *18.00* brillent d'un éclat bleuté.

— Voulez-vous voir Camille ? L'heure n'a-t-elle pas sonné, résonné, carillonné ?

— Camille est ici ?

— Voulez-vous me suivre, derrière moi, après moi ?

Sans attendre, Pierrot s'engage dans le couloir. Il se déplace sur la pointe des pieds, silencieux. L'index de sa main droite frôle une ligne rouge tracée au feutre sur le mur.

Greg avance, les sens en alerte. Ils dépassent une porte fermée sur laquelle est affiché le dessin d'un enfant dans une baignoire. Au bout du couloir, deux portes se font face, reliées par la ligne rouge. Pierrot désigne celle de gauche :

— Est-ce ma chambre, mes murs, mon lit, mon coffre, mes jeux ?

Avec d'infinies précautions, il tourne la poignée de l'autre porte :

— Serait-ce la chambre de Camille ? Ses murs, son lit, son armoire ?

Greg hésite, palpe la visière de sa casquette et entre dans une petite pièce aux murs décorés de portraits de clowns.

Sur le lit, vêtue d'un large costume blanc brodé de paillettes et rehaussé d'une vaste collerette plissée autour du cou, Camille repose, les paupières closes. Son visage et son crâne nu sont grimés de blanc. Un sourcil en forme de point d'interrogation orne son front immense. Sa bouche, peinte en rouge, étalée sur les joues jusqu'aux oreilles, affiche un sourire affligé. Et, sur le bout de son nez minuscule, fanal dans la nuit, une lumière écarlate brille.

À son côté, une perruque blonde, coiffée avec soin, scintille de ses longs cheveux artificiels.

L'enfant voit un soleil noir se lever dans la tête de l'homme.

Posée sur l'oreiller, une lettre, écrite en caractères serrés aux arêtes vives, est adressée à Greg: « *Je ne sais pas si mon petit Pierrot est ton fils, mais je trouve qu'il te ressemble. Tu veux bien t'en occuper ? »*

Tétanisé, hagard, Greg déchiffre, à nouveau, les mots qui dansent autour de lui avec la frénésie du désespoir. Une rage soudaine le secoue des pieds à la tête. Une douleur fulgurante perce sa poitrine d'un souffle glacé. D'un bond, il fait volte-face. Et quoi encore ? Tout cela ne le regarde pas. Il doit se tirer de là, tout de suite !

Devant la porte, Pierrot fait barrage de son corps chétif. Ses yeux écarquillés transpercent l'homme désorienté pendant que ses doigts, semblables aux pattes d'une araignée prise au piège, s'agitent sur son visage.

Greg baisse la tête. Dans sa main, la lettre de Camille, réduite à une boule de papier froissé, rayonne d'une présence terrifiante.

Il se laisse tomber au bord du lit, le regard perdu sur la femme qui lui offre un masque de clown en cadeau d'adieu : Ça, c'est pas sympa, Camille. Tu as fait fort ! Tu me donnes rendez-vous au bout de dix ans, et moi, j'accours, sans me poser de questions. Et tu me lègues le petit. C'était si dur que ça ? Tu t'es même pas accordé un sursis ? On aurait pu en parler avant ! Merde ! Tu fais chier ! Dix ans sans se voir ! On en avait des choses à se dire !

L'enfant le fixe. Inutile de regarder le corps sur le lit. Il n'y a plus d'image dans sa tête.

Greg effleure la main de Camille. La peau transparente irradie de douceur. Plusieurs boîtes de médicaments, vides, encombrent la table de chevet. Un verre, d'où s'échappe un filet d'eau, a roulé sur le parquet. Il se souvient du bruit entendu après son arrivée. Les larmes mouillent ses joues râpeuses pendant que colère et pitié s'entredéchirent sous son crâne. Il attend longtemps que le calme revienne en lui avant de desserrer l'étreinte de sa main sur celle, inerte, de Camille,

Quand il ouvre les yeux, il remarque le coin d'une photo, enfouie sous l'oreiller. Il la reconnait. Fête foraine. Il y a plus de dix ans. Lui et Camille, joue contre joue, déguisés en clowns. À l'époque ils riaient pour tout et n'importe quoi.

Le lendemain, Camille disparaissait.

Les mauvais coups avaient suivi, jusqu'à ce qu'il se fasse prendre. « Paraît que la taule, ça laisse du temps pour réfléchir », avait commenté le commandant Mangin, l'air plus ennuyé que convaincu. Il avait ajouté : « dans *liberté conditionnelle*, il y a *conditionnelle*, ne l'oubliez pas. »

Une drôle de gueule, ce Mangin. Des yeux gris, qui te charcutent, dans un visage d'une tristesse de macchabée. Pas un poil sur le caillou. Pas l'ombre d'une barbe. Et quand il ôte ses lunettes noires... Pas de sourcils. Pas de cils. Que de la peau. Nue, blafarde, transparente. Une feuille de papier cigarette qu'on aurait collée sur une tête de mort. Une vraie gueule de déterré !

Greg laisse le masque lunaire de Camille le pénétrer par touches douces à la façon de la pointe sèche du graveur sur la plaque de cuivre. Derrière la blancheur du fard, il devine le visage amaigri, les os saillants et la froide détermination de la décision sans appel.

Pierrot s'approche. Sa présence diffuse la chaleur fragile d'une braise enfouie sous les cendres. Greg se tourne vers lui. Inutile de cacher ses larmes. Ce gosse, il t'enfonce ses yeux dans le crâne pire qu'un hameçon ! Pas possible d'y échapper.

D'un geste hésitant, Greg ôte sa casquette dévoilant ses cheveux coupés ras. Avec une tendresse qui le surprend, il la pose sur la tête de l'enfant et incline la visière sur le front lisse.

Les paupières de Pierrot papillonnent. D'une voix à peine audible, il balbutie et se colle à l'homme en frottant son visage contre sa poitrine à la manière des nourrissons sur le sein de leur mère. Greg immobile, cesse de respirer. Il tente de décoder le mot que le môme a prononcé. *Papa* ? Rien n'est moins sûr.

« Les hallucinations auditives, lui disait le toubib en taule, ça va, ça vient sans qu'on sache pourquoi. Parfois, c'est l'écho déformé de paroles entendues, parfois le reflet mouvant de ce qu'on n'a pas pu dire ou qu'on aimerait dire, parfois le désir dingue de ce qu'on souhaiterait entendre, et parfois autre chose, ancrée si loin en nous que ce serait pure folie que de s'y aventurer ».

Quand Pierrot se détache de Greg, son visage esquisse un sourire timide. D'un geste appliqué, il remonte la visière sur son front.

« ...faim... » souffle-t-il.

Greg opine de la tête. Avec lenteur, il déplie son corps endolori et prend la main de l'enfant. Les choux à la crème attendent sur la table.

Avant de s'asseoir, Pierrot appuie sur le bouton du lecteur de CD. La cantate 147 de Bach s'élève, majestueuse et rassurante. Au moment où le chœur entonne *Jésus que ma joie demeure*, Julie et Leila entrent, suivies de Margot. Sur la pointe des pieds, elles se dirigent vers la chambre de Camille.

Dans sa cuisine, Mme Moineau essuie ses yeux rougis du revers de la main. Une larme tombe dans la pâte à choux qu'elle malaxe.

Eléonore, devant la porte fermée de l'atelier de son mari, tente de contrôler le tremblement de ses mains.

À plat ventre sur son lit, Émilien dessine, guidé par l'urgence, les portraits souriants de Camille, Grégoire et Pierrot, joue contre joue, enfin réunis. En même temps, il se dit qu'il devrait aller voir Amélie, sa voisine. Lui parler, avant qu'il ne soit trop tard. Même si parler n'est pas ce qu'il fait de mieux. La mort de Camille ouvre la porte à tous les possibles. Amélie ne craint pas les engins de démolition qui s'approchent de leur maison. Elle les attend. Elle a un plan. Un plan effrayant qu'Émilien connait.

La vieille Alice Léchiquier a un plan, elle aussi. Elle le mettra à exécution dès qu'elle sortira de cet environnement étrange dans lequel elle s'est retrouvée sans savoir comment. La rue s'est déguisée. Les voitures ressemblent à des citrouilles. Les lampadaires prennent des allures de fantômes. Les trottoirs affichent un air sournois. L'atmosphère exhale un gout de poussière. Tant pis ! Rien ne l'empêchera de se rendre à son rendez-vous !

Quant à Samuel Dieulefit, il programme, pour son réveil du lendemain, une musique de Bach. Hommage à Camille. Mais pas seulement. Il a choisi un choral. Son préféré. Il le passera en boucle pendant toute la journée. Une journée qui ne ressemblera à aucune autre.

Samuel
Dimanche 8 h 15

Le soleil et Bach !

Rien de tel pour commencer la journée.

Samuel Dieulefit renonce à toute tentative d'étirement. Inutile d'effaroucher sa vieille amante, la possessive Dame Arthrose, en embuscade derrière ses articulations.

Dans la rue, les engins démolisseurs ont cessé leur musique. Respect de la pause dominicale. Que la maison soit encore debout est miraculeux. Grâces soient rendues à Mme Moineau.

Mais le plus grand miracle est cette carte postale qu'il tient entre les doigts. Au verso, une reproduction d'une toile peinte par Chagall pour le *Cantique des Cantiques*. Au recto, quelques lignes manuscrites encadrées de bleu, de mauve et de lilas.

Il l'a reçue voilà trois jours.

Il l'avait attendue, longtemps.

Après une pensée pour Camille — courageuse, cette petite — Samuel s'assoit au bord du lit. Les chaussons aux pieds, il se redresse en fredonnant de sa voix de basse, encore plus profonde qu'à l'ordinaire, le motif de *la cantate du veilleur* qui l'accompagnera jusqu'au coucher du soleil.

Bach l'avait composée en s'inspirant du *Cantique des Cantiques* de Salomon.

« Merveilleux, non ? » lui chuchotait Louise, serrée contre lui.

Une étincelle joyeuse dans le regard, Samuel se penche sur la carte que Louise lui a envoyée. Il la sait par cœur, mais chaque nouvelle lecture ajoute une dose d'enchantement à son bonheur.

Louise... Il lui suffit de fermer les yeux pour revoir la jeune fille musarder parmi les rayonnages de la bibliothèque où il travaillait. Il se souvient de sa robe blanche qui frôlait ses chevilles et de ses épaules dénudées jusqu'à la bouleversante naissance de la gorge.

« Puis-je vous demander un conseil, monsieur ? »

Serré dans un costume gris, les cheveux bruns de chaque côté d'un visage sévère au large front, il se souvient avoir émis un vague borborygme en guise d'acquiescement avant de lever ses yeux myopes, cerclés de grosses lunettes d'écaille, du registre sur lequel il mettait à jour ses fiches.

« Voilà... je prépare un mémoire sur la littérature érotique à travers les âges, et... »

Il l'avait contemplée, incapable de répondre.

Le visage auréolé d'une chevelure brune aux frisures teintées de roux, elle posait ses yeux sur lui comme sur un livre rare.

En un éclair, il se revit, petit garçon dans le jardin de sa grand-mère, au milieu de milliers de fleurs aux couleurs et aux parfums sans pareils. Ses préférées, perchées sur leurs tiges interminables, dessinaient dans le ciel de lentes arabesques où se mêlaient le mauve, le bleu et le lilas. « Les verveines de Buenos Aires, mon petit Samy, les verveines de Buenos Aires », fredonnait sa grand-mère en le berçant dans ses bras, pendant qu'il frottait son nez contre les minuscules pétales regroupés en épis.

Ce jour-là, Samuel se promit de verser une offrande à Apollon, dieu de la beauté et de la lumière, pour avoir semé des verveines de Buenos Aires dans les yeux de cette jeune fille, penchée sur lui.

Du Kamasoutra aux chants de Sappho, de l'Art d'aimer d'Ovide au marquis de Sade, des muses gaillardes aux onze mille verges d'Apollinaire, de Pétrone à Bataille, il avait accompagné l'étudiante dans ses lectures et les exercices pratiques s'étaient vite avérés indispensables.

Ils abordaient, fondus dans un même souffle, le très biblique *Cantique des Cantiques* quand retentit, à l'heure du solstice d'hiver, l'ultimatum de Jeanne, son épouse, ponctué de son expression favorite : *point final !*

Visage tendu, regard métallique, voix tranchante, elle s'était dressée devant lui après avoir envoyé valser une pile d'assiettes.

— C'est l'autre ou moi ! Point final !

— L'autre ? avait-il répondu, avec la désinvolture propre à ceux pour qui mentir est un exercice périlleux.

— Ne fais pas l'innocent. Le rat de bibliothèque aux cheveux frisés avec qui tu partages tes lectures à quatre mains.

— Souris de bibliothèque serait plus approprié.

— Peu m'importe ! Elle s'appelle Louise, n'est-ce pas ? Une gamine qui a quinze ans de moins que toi ! Tu devrais avoir honte !

C'était un jour de décembre. L'automne moribond cédait sa place à l'hiver et des perles blanches tombaient du ciel en tournoyant. Aujourd'hui encore, le souvenir est aussi vif que l'inflammation de sa joue percutée par la main rageuse de Jeanne.

Il n'eut pas à choisir.

Le lendemain, un billet parfumé à la fleur d'oranger — écriture précieuse aux traits pleins et déliés — lui parvint : *« mon ami, votre épouse m'annonce que vous serez bientôt papa. Il est sage que je me retire. N'en soyez pas chagrin. En souvenir de vous, je ferai de ma maison une bibliothèque. Votre tendre amante, Louise. »*

Il a lu et relu cent fois la lettre de Louise. Chaque mot et son emplacement sur le papier sont gravés dans sa mémoire avec une précision d'orfèvre. Il se souvient avoir glissé la missive entre les pages du *Cantique des Cantiques*, sans que sa main ne tremble. Ensuite, fidèle à un serment qu'il n'avait jamais fait, il s'évertua à marcher à côté de la vie en respectant en tous points la définition des parallèles. Sans se soucier de sa femme, il planta des verveines de Buenos Aires dans son jardin et sur le moindre lopin de terre, partout où portait son regard.

Il ne fut jamais papa.

Il y a huit mois, lassée d'héberger un cancrelat qui charcutait ses entrailles, Jeanne avait déployé ses longues ailes, tissées de plumes argentées.

— Je sais que tu penses toujours à Louise. Me pardonneras-tu ?

Samuel n'eut pas besoin de répondre. Jeanne avait pris son envol. À ce jour, elle doit planer quelque part entre la Grande Ourse et l'étoile du berger.

Depuis la lettre d'adieu de Louise, Samuel attendait. Le départ de Jeanne ne changeait rien, sinon transformer l'attente en promesse. Pendant toutes ces années, le temps avait eu l'élégance de faire du sur-place. N'était-ce pas hier qu'ils s'étaient quittés en se disant : à demain mon amour ?

Louise lui a écrit. Ils vont enfin se retrouver.

Empoignant sa canne d'une main ferme, aussi appliqué qu'un funambule sur son fil, le vieil homme glisse un pied sur le parquet et l'autre suit, par pur réflexe.

Après une toilette digne du jour qui s'annonce, rasé de près, cheveux gominés, il déguste, à petites gorgées, une tasse de thé vert parfumé à la rose et à la fleur d'oranger. Celui qu'il partageait avec Louise quand, de sa voix troublante, elle susurrait à son oreille les poèmes sensuels du *Cantique des Cantiques*.

Depuis l'absence de son amante, il avait pris l'habitude de faire une halte dans le salon de thé de Mme Moineau. Devant une double portion de choux à la crème, il exhumait d'entre les pages du *Cantique des Cantiques* la photo prise dans une cabine de photomaton, le représentant avec la jeune fille, serrés l'un contre l'autre, joue contre joue.

Ce rituel innocent lui permettait de s'offrir un moment de nostalgie intense dans une existence aussi terne qu'une feuille de papier recyclé, vierge.

Il y rencontrait le Dr Noiraud avec qui il échangeait des paroles profondes. « Oubliez, oubliez ! mon ami, lui répétait le médecin. À quoi bon espérer quelque chose qui n'est plus ? »

Ce vieux célibataire de Noiraud ne connait la vie qu'à travers le récit de ses malades. La dernière fois, il lui avait présenté Mangin, le nouveau commandant. Un policier, buveur de thé ! Tout était donc possible. Ils avaient échangé quelques mots. Pas bavard, ce Mangin. Le médecin, non plus quand Samuel l'avait interrogé sur l'étrangeté d'un visage dépourvu de la moindre pilosité. « Secret professionnel ! » avait répondu Noiraud, non sans ajouter, sur le ton de la confidence : « un cas intéressant pour qui croit à la conversion des souffrances psychiques en symptômes corporels. »

Il est temps de s'habiller. L'heure du rendez-vous avec Louise approche.

Samuel parvient sans trop d'efforts à enfiler son pantalon, sa chemise et sa veste. Le nœud papillon, maintenu par un élastique autour du cou, se laisse faire avec douceur. Il renonce à attacher les lacets de ses chaussures. Ses doigts déformés se refusant à subir cette torture d'un autre âge.

Le miroir lui renvoie le reflet d'un vieil homme en costume de marié.

Il s'installe dans son fauteuil, devant la porte-fenêtre ouverte sur le jardin, face à l'immense grue qui s'élève au-dessus de la haie de lauriers-roses.

Bientôt un colosse d'acier plantera ses racines de fer et de béton dans son gazon. Adieu pâquerettes et boutons d'or. S'il a adhéré à *l'Association de Sauvegarde du 18 rue du Parc*, présidée par Mme Moineau, reine des choux à la crème, c'est plus par gourmandise que par conviction. Rien ne peut suspendre le temps qui marche. Hormis l'espoir. À condition qu'il soit déraisonnable. La carte de Louise en est la preuve.

Il regarde la pendule. Encore un moment à passer en compagnie de Bach. Sur le talus, une brise joueuse fait danser les fleurs aériennes des verveines de Buenos Aires au-dessus des touffes de romarin. Le ciel en est coloré de mauve, de bleu et de lilas. Bientôt, le soleil tirera sa révérence et disparaîtra derrière les grands arbres du Parc.

Samuel ouvre le *Cantique des Cantiques* à la page où sont serrées la lettre d'adieu de Louise et la photographie qui les unit. Désormais, la carte qu'il a reçue les accompagnera.

« Point final », murmure-t-il, avec l'assurance de ceux qui arrivent au terme de leur quête. Il ne sera plus seul à relire ces poèmes, comme il l'a fait toutes ces années. Bientôt, Louise les déclamera, pour lui, de sa voix ensorcelante.

Avec le respect dû aux rêves anciens enfin accomplis, Samuel saisit la carte postale, illustrée par Chagall, bordée de bleu, de mauve et de lilas. Il ne saura pas à qui appartient la main qui l'a glissée sous sa porte, pendant son sommeil. Les grandes questions ont parfois besoin de réponses secrètes.

La mention manuscrite *à l'attention de Samuel,* flamboie d'une douce clarté. Louise, de son écriture précieuse, aux traits pleins et déliés, lui annonce qu'elle vient de s'envoler vers un ciel rempli en toutes saisons de milliers de fleurs aux couleurs et aux parfums sans pareils. Ses ailes ont poussé en quelques jours. Royales. Gigantesques. Aussi vastes et lumineuses que l'azur.

Ensuite, un simple mouvement d'air ascendant a suffi.

Samuel presse la carte contre son cœur. Tout finit par arriver à condition de ne pas y renoncer.

Un sourire malicieux caresse son visage sillonné de rides, révélant l'homme radieux que Louise avait incendié de son regard.

Le temps de l'attente est terminé. Il rejoindra son amante aujourd'hui. Point final !

Il pense à la vieille Alice Léchiquier. On l'a retrouvée, errant dans les rues de la ville, de l'autre côté du Parc. Elle aussi voulait rejoindre son amoureux, le menuisier. Elle l'épousera même si sa mère n'est pas d'accord. « D'ailleurs, j'ai mis ma robe de mariée ! » a-t-elle dit au commandant Mangin, en montrant sa chemise de nuit sous sa robe de chambre.

Avec une tranquille gourmandise, les yeux tournés vers la photo posée devant lui, Samuel porte à ses lèvres la tasse de thé vert au parfum de rose et de fleur d'oranger.

Dernière gorgée.

Puis, à petites bouchées, il savoure le dernier chou à la crème qu'il a gardé pour la circonstance.

Il avalera, d'un trait, le cocktail préparé pour lui par la jeune et jolie infirmière qui partage sa passion des livres avec ses malades. En retour, il lui a fait don de sa bibliothèque. Échange de bons services entre voisins.

Mme Moineau lui en voudra, c'est sûr. Surtout après le départ de Camille. La reine des choux à la crème n'aime pas les séparations. Noiraud lui expliquera. Au diable le secret professionnel.

Hier, en plaisantant, Samuel a suggéré à Émilien de rajouter des ailes à son portrait sur la fresque où seront représentés les habitants de l'immeuble.

Des ailes aux couleurs des verveines de Buenos Aires.

Émilien

Lundi 6 h 45

Depuis le départ de Jeanne, l'épouse de Samuel Dieulefit, Mme Moineau, mue par un besoin inavoué, venait échanger quelques mots avec le vieil homme, après la fermeture du salon de thé. Ce matin, en voyant sa porte entrebâillée, un frisson l'a secouée. Son sixième sens ne la trompait jamais. Surtout pour les catastrophes.

Hier, Camille s'est envolée vers le paradis des clowns. Aujourd'hui, Samuel a rejoint son amoureuse dans un ciel coloré. À ce rythme, la maison sera dépeuplée avant même sa démolition.

Mme Moineau a prévenu tous les habitants de l'immeuble pendant la nuit, sauf Émilien. À son âge, on a besoin de sommeil.

N'empêche ! Le vieux Samuel aurait pu patienter quelques jours. Tirer sa révérence tout de suite après Camille ! Fallait-il qu'il soit pressé de la rejoindre sa Louise. Quel genre de femme était-elle pour qu'un homme comme lui l'ait attendue aussi longtemps ?

La pâtissière remonte une mèche de son chignon. Sans ses choux à la crème, que deviendra-t-elle ? Elle se refuse à envisager le pire : la fermeture de son salon de thé, la destruction de la maison, la dispersion de ses voisins. Sa seule famille. Sa seule vraie famille. Sa fille ? Partie sans laisser d'adresse. Inutile de s'attendrir. Ses secrets de pâtissière disparaîtront avec elle, en même temps que la dynastie des femmes Moineau.

La veille, dans un moment de faiblesse, elle s'était confiée à Samuel. Sa fille en préférant vivre avec son père — un inconnu de passage qui avait confondu passion amoureuse et extorsion de sperme — avait contrevenu à la devise des femmes Moineau de ne s'attacher à aucun homme. Elle n'avait donc plus sa place, ici.

Qu'en avait pensé Samuel, lui qui avait perdu Louise pour un enfant jamais conçu ? Elle ne le saura jamais.

Mme Moineau s'estimait quand même heureuse. Dieulefit lui avait fait honneur avant de s'envoler. Il ne restait plus une miette de choux à la crème dans son assiette. Elle aurait été le dernier plaisir du vieil homme. Sa Sulamite pourrait difficilement faire mieux.

Elle informera Émilien dans la journée. Il aura de la peine. Le jeune dessinateur considérait Samuel comme son grand-père. Peut-être pleurera-t-il dans ses bras ? Ce serait une première. Elle n'a jamais vu la moindre larme couler sur ses joues. À croire que ce gamin ne possède pas de glandes lacrymales.

— C'est possible ? avait-elle demandé au Dr Noiraud.

— Les larmes, c'est de l'émotion liquide, salée. Les canaux lacrymaux sont des voies de passage. Quand le feu est vert, ça goutte, ça coule, ça jaillit, ça déborde. Quand le feu est rouge, ça s'arrête. Que savons-nous de son histoire, au jeune Émilien ? Si vous ne l'aviez pas recueilli, où serait-il en ce moment ?

Mme Moineau s'est souvent posé la question.

Elle se souvient du jour où Émilien est entré dans son salon de thé et lui a proposé de dessiner son portrait. Il était maigre et poussiéreux. Affamé. Elle l'aurait cru muet s'il n'avait bredouillé un ou deux mots découpés en morceaux. Il fit honneur au plateau de choux à la crème qu'elle lui offrit. Elle possédait un logement inoccupé, sous les toits. Le jeune homme n'en espérait pas tant. Aujourd'hui encore, elle ignore d'où il vient.

Il y a quelques semaines, après des propos étranges tenus par le commandant Mangin, elle avait suivi Émilien à distance, curieuse et inquiète, à la fois. Elle n'est pas convaincue d'avoir vu ce qu'elle a vu. D'ailleurs, elle ne s'en souvient plus. Qu'il continue de vivre à son côté, elle ne lui demandait rien de plus.

Elle lui préparera un immense chou à la crème, à son petit Émilien. Les douceurs, ça console de bien des chagrins.

Pour l'instant, ignorant le deuil qui frappe une fois encore la maisonnée, Émilien somnole dans son lit, recouvert de sa couette d'où seule sa tignasse noire émerge.

Il effectue quelques mouvements du bassin dans la niche creusée par son corps dans le matelas. L'heure est à l'accomplissement du miracle quotidien au déroulement sans surprise : tension impérieuse dans le bas-ventre, explosion, acmé libératrice, exclamation rauque ponctuée d'un éclat de rire enfantin. Ensuite, tel un bébé rassasié, Émilien se rendormira jusqu'à sept heures quarante-cinq, parfois huit heures.

Mais ce matin, la sensation d'être couché tout nu sur la banquise le fait frissonner. Quelque chose manque, qui devrait se trouver calé entre le drap tiède et son ventre creux. D'un coup de rein, il se retourne et tâte son entrejambe.

 Apnée brutale !

L'érection de six heures quarante-cinq n'est pas au rendez-vous ! Sous ses doigts perplexes, son sexe est aussi avachi qu'un indicateur de vent, un jour sans vent.

Il se redresse, chausse ses lunettes, allume la lampe de chevet et fixe, d'un air penaud, le bout de chair flasque entre ses cuisses efflanquées. Il bondit de son lit et court aux toilettes satisfaire un besoin physiologique majeur, soudain pressant. Au passage, il avale une double ration de son cocktail de vitamines. Il ne va quand même pas se mettre au Viagra, à vingt-deux ans !

« Minable ! » grommelle-t-il en fusillant du regard l'étron ridicule qui flotte dans la cuvette.

« Peut mieux faire ! » aurait dit de sa voix cassante, son père, M. Émile Lebœuf, instituteur distingué.

Le miroir lui renvoie l'image d'un visage d'enfant posé sur un corps empêtré d'adolescent. Il doit vaincre la peur qui tirebouchonne ses entrailles ! S'il renonce à son projet, l'occasion sera perdue à jamais.

Le cœur battant, mû par l'enthousiasme, mêlé de crainte, du soldat avant l'assaut, il enfile sa tenue de travail : pantalon noir, bretelles noires et manteau noir. Un vieux chapeau, dérobé à son père, couronne le tout.

Devant la glace, il reprend son entraînement. Deux heures durant, avec l'opiniâtreté d'un sportif de haut niveau, accompagné du tic-tac du métronome, il recommence, avec une précision proche de l'obsession, le geste qu'il maîtrise pourtant à la perfection. Encore une ultime répétition et il sera prêt.

Émilien avait cinq ans le jour où les eaux de la rivière, fécondées par l'orage du siècle, submergèrent la ville à la vitesse d'une avalanche. Les flots emportèrent sur leur passage, arbres, voitures, maisons, ponts, chevaux, moutons, hommes, femmes, enfants, et sa jolie maman qui venait le chercher à l'école avec une part de gâteau au chocolat dans son sac.

M. Émile Lebœuf, père d'Émilien, attendit, statufié, que la disparition de son épouse Émilie, âgée de vingt-huit ans, fut enregistrée en bonne et due forme dans les registres de la mairie. Certain qu'il ne la reverrait plus, il refusa les condoléances d'usage, s'engouffra dans son quatre-quatre et démarra, laissant à des voisins médusés le soin de s'occuper de son garçon.

Trente jours plus tard, il réapparut, le visage bouffi, avec, dans les pupilles, une lueur que certains qualifièrent, faute de mieux, de dérangeante. Il réintégra son poste d'instituteur et on l'admira d'élever seul son fils, un enfant de l'amour, au dire des âmes sensibles.

Que le petit Émilien se montrât distant et silencieux, le dos vouté et les yeux fixés au sol, n'émut que les esprits chagrins.

Qui pouvait savoir ?

Chaque jour, à peine rentré chez lui, M. Lebœuf se précipitait au pied de l'autel qu'il avait dressé devant la cheminée : une table basse, recouverte de bougies, sur laquelle, parmi quelques souvenirs entassés pêle-mêle, trônait un portrait grandeur nature de sa chère Émilie, orné d'une guirlande électrique qui scintillait nuit et jour. Vautré dans son fauteuil, il passait de longs moments à contempler le visage de la disparue, le regard embué, la main serrée sur les bouteilles du pack de bière, posé sur ses genoux, qu'il tétait une à une jusqu'à la dernière goutte.

Au bout de quelques heures, il s'avisait de la présence du petit Émilien, blotti dans un coin, les yeux rougis de larmes retenues.

« Mollusque ! Où est-ce que tu te caches, encore ? Dire que si mon Émilie ne s'était pas trouvée dehors ce jour-là, elle serait toujours à mes côtés ! Et pour quelle raison était-elle dans la rue ? Tu le sais bien, toi, hein ? Microbe ! Tu le sais ! Si elle n'était pas allée te chercher à l'école, elle serait là, avec moi ! Et on en ferait des choses ensemble, crois-moi ! »

Il avait tenu à ce que son fils partage sa chambre, son lit accolé au sien, afin qu'il s'imprègne de sa nature virile.

Chaque matin, il enjambait le petit garçon pour se rendre aux toilettes. Son membre dressé frôlait la tête de l'enfant, aussi curieux que craintif. Son affaire terminée, M. Émile Lebœuf passait sous la douche après avoir ordonné à Émilien de tirer la chasse d'eau. Adepte de l'identification par l'exemple, il lui recommandait de contempler l'étron paternel, lové dans la cuvette des WC tel un serpent, et de s'en inspirer.

Cet ithyphallique ambulant, fidèle à la devise : « *bander et encore bander si tu veux de ta flèche la lune culbuter* », se faisait appeler *Priape* dans l'intimité et portait des pantalons pourvus d'une large poche kangourou qu'il assurait bourrée en permanence. En toute modestie, il se targuait d'entretenir une érection jusqu'au repas de midi, la semaine, et jusqu'au dîner, le dimanche.

Le langage de charretier dont il usait avec son fils contrastait avec la langue châtiée qu'il instillait dans le crâne de ses élèves. Dr Jekyll de pacotille, il enfilait son costume d'instituteur dans l'enceinte de l'école et réveillait l'effrayant M. Hyde dès son retour à la maison.

« Ça, c'est la bite d'un mec qui se respecte ! martelait-il à Émilien, acculé contre un mur, en le menaçant de la trique jaillie de sa braguette. Pourquoi crois-tu que mon Émilie m'aimait ? C'est pas ton asticot minable qui l'aurait fait frémir ! Seuls ceux qui ont en une dressée, la tête haute et le port altier, méritent le nom d'homme. Les autres, chiffe molle et couilles pendantes, sont à jeter aux orties. Regarde bien, mollusque, si tu n'en as pas une de cet acabit, autant couper ce qui te sert à pisser ! Ne t'inquiète pas, tu continueras à pisser ! Les femmes y arrivent bien ! »

La voix avinée, il ajoutait, en brandissant une paire de ciseaux : « bientôt, je t'en débarrasserai et je la balancerai aux chiottes ! Tu n'auras qu'à tirer la chasse ! »

La nuit, le petit Émilien s'enroulait dans ses couvertures, les genoux sous le menton, les mains cramponnées à son ventre, les dents plantées dans le coussin pour étouffer ses gémissements. « Ici, on ne chiale pas, morveux ! Les larmes, c'est bon pour les gonzesses ! » Il se retenait tant qu'il pouvait et ravalait ses pleurs avant qu'ils n'arrivent aux oreilles de son père.

Six mois après le décès de sa mère, Émilien avait appris à bloquer tout écoulement de larmes. On le citait en exemple aux enfants chatouilleux, prompts à sangloter à la moindre écorchure.

Six mois après, ce fut au tour des mots de se raréfier. Ceux qui parvenaient à sortir de sa bouche procédaient par saccades, en cahotant, se bousculant, se percutant, s'agrippant les uns aux autres, se déchirant sans merci, jusqu'à ne laisser passer entre ses lèvres crispées qu'une parole découpée au hachoir.

Pour mettre fin aux moqueries de ses camarades et aux injonctions des enseignants, il découvrit la puissance des onomatopées et les ressources infinies du langage non verbal.

Son mutisme lui valut un haussement de sourcil interrogateur de la part de son père. Sans plus.

Toutes les tentatives d'Émilien pour prouver qu'il était bien de la trempe des Lebœuf se soldèrent par des échecs. Toujours dernier, au concours du *pipi-le-plus loin*, il ne réussit jamais à franchir les éliminatoires du concours du *foutre-le-plus-loin*, malgré son acharnement à vouloir ranimer une verge aussi affligée qu'un drapeau en berne. Plus tard, il renonça à la compagnie des femmes, se retrouvant vaincu avant le combat face au sourire embarrassé d'une partenaire à la citadelle offerte, mais inabordable.

Par chance, la nature, bonne fille, lui accorda des dispositions inattendues pour le dessin. Il en profita pour remplir ses carnets de croquis d'études de corps féminins aux formes généreuses et à l'anatomie audacieuse, dans des positions que seule une imagination débridée pouvait concevoir.

Restaient les matins glorieux, au chaud sous sa couette, où, à six heures quarante-cinq précises, son sexe, gorgé de puissance, se montrait triomphant, aussi priapique que celui de son géniteur.

À dix-sept ans, Émilien s'enfuit de la demeure paternelle, son sac sur le dos, son carton à dessin sous le bras et quelques billets, trouvés dans le portefeuille de son père, dans la poche. Profitant du sommeil de celui-ci, étendu au milieu d'un lot de canettes de bière, il subtilisa une photo sur l'autel dédié à sa mère. On y voit le petit garçon, entouré de ses parents, souffler ses cinq bougies plantées dans un gros gâteau au chocolat. Ce jour-là, la famille réunie, serrée joue contre joue, montrait le visage étincelant de bonheur de ceux que la vie avait choisi de récompenser.

Depuis, Émilien occupe un studio, au 18 rue du Parc, que Mme Moineau, sa propriétaire, lui cède à titre gratuit. Est-ce pour le remercier d'avoir réalisé son portrait à la façon des élégantes du dix-septième siècle, aux trois crayons sur papier teinté, rose comme il se doit ? À bien y réfléchir, cette explication ne convainc pas le jeune homme. Hormis son titre de reine des choux à la crème, que sait-il de sa bienfaitrice ? Certes, elle ressemble aux femmes, nées de son imaginaire, qu'il aime dessiner. Mais la sourde rumeur qui bruisse autour de Mme Moineau l'interroge. On dit qu'elle aurait perdu une fille qui bien que vivante est considérée comme morte ? Emilien en serait-il le substitut ?

En ce temps-là, la vieille bâtisse ne tremblait pas sur ses fondations à la vue d'un promoteur immobilier et nul n'avait encore chargé Émilien de la mission secrète qui allait transformer sa vie.

La révélation tomba sur le jeune homme, le jour de ses vingt ans, au moment précis où l'hiver, vainqueur de l'automne, offrait au monde une seconde de lumière supplémentaire.

Alors qu'il flottait sur la frange où s'entrelacent le sommeil et l'éveil, dans l'attente de la réalisation du miracle quotidien, son père lui apparut, le visage à la fois sévère et soucieux, la photo de sa mère, Émilie, pendue à son cou. Le doigt pointé vers lui, il lui assigna une mission sibylline qui tenait en cinq mots : « instruire les enfants, tu dois ! »

Ce n'est que le lendemain, au moment où il s'apprêtait à mordre dans le cadeau d'anniversaire confectionné pour lui par Mme Moineau, un chou à la crème de la taille d'une citrouille, que le sens des paroles d'Émile Lebœuf s'éclaircit jusqu'à se transformer en obligation où se mêlaient la performance sportive et la pédagogie par l'exemple.

Au début, Émilien tâtonna quelque peu. Son geste malhabile, et pour tout dire peu convaincant, provoquait plus d'amusement que de curiosité. Il reconnut très vite que le slip kangourou et le pantalon baissé sur les chevilles limitaient ses mouvements. Le port des bretelles et du chapeau noir, dérobés dans la penderie de son père, révolutionnèrent son approche.

Ses heures d'entraînement quotidien avaient transformé le côté répétitif de son action en un rituel quasi religieux. S'il manquait de créativité, il comblait ce handicap par la précision du geste alliée à une rapidité chaque jour plus grande qui le surprenait lui-même, et surprendrait sans doute son paternel.

Par tous les temps, caché dans l'ombre d'un arbre, à l'heure de la sortie des classes, il attendait le moment propice. Dès qu'un enfant s'approchait, il surgissait tel un magicien, et, le temps d'un clignement de paupière, il ouvrait et refermait son manteau. Même le commandant Mangin, attentif derrière ses lunettes noires, n'avait pas réussi à le prendre en défaut.

Pour Mme Moineau, il n'était pas sûr.

Ses yeux s'humidifiaient de bonheur quand un petit garçon s'exclamait : « maman, t'as vu la grosse quéquette du monsieur ? ».

Tant pis s'il frustrait la mère en disparaissant avant qu'elle l'ait aperçu. Ce qu'il montrait s'avérait trop précieux pour être offert sans retenue aux regards concupiscents. Le message de son père, calqué sur la leçon qu'il lui avait inculquée des années durant, ne souffrait aucune ambigüité : sa mission ne concernait que les enfants.

Toutes les écoles de la région ont eu l'honneur de sa visite, sauf une.

Située dans un quartier tranquille, rien de la distingue des autres établissements hormis la présence en ses lieux de M. Émile Lebœuf, instituteur éminent sur le point de prendre sa retraite.

Émilien est persuadé que son objectif n'aura de sens que s'il le partage avec l'auteur de ses jours. L'alerte de ce matin — le rendez-vous manqué de six heures quarante-cinq — confirme le caractère urgent de l'opération.

Son plan est simple : aussi digne qu'un toréro muni de sa cape, le front altier, les reins cambrés, le regard ténébreux, il surgira devant son père et, d'un geste si prompt qu'il en sera invisible, il écartera les pans de son manteau et pointera vers son géniteur l'objet de sa gloire et de sa fierté.

Les yeux clos, Émilien se voit devant l'école, masqué par les branches d'un saule pleureur. À seize heures trente, le portail s'ouvre et les enfants déboulent en hurlant rejoindre leurs parents. Les enseignants viennent à la rencontre des familles et distribuent sourires et poignées de main.

Parmi eux, une silhouette massive vêtue de noir, émerge. M. Émile Lebœuf chapeau sur la tête, visage bouffi orné d'une épaisse moustache, et ventre proéminent, avance d'une démarche éléphantesque.

Sans bruit, Émilien se faufile entre les groupes, le regard fixé sur son père. Son manteau, soulevé par une force prodigieuse, forme avec le sol un angle de plus de quatre-vingt-dix degrés au mépris des lois de la gravité.

Encore quelques pas et il sera face à son géniteur. Encore quelques pas et il ouvrira son manteau. Une déflagration spermatique colossale soufflera alors le quartier, la ville, le pays, et transformera le respecté Émile Lebœuf en un tas de poussière propulsée si haut dans le ciel qu'aucune retombée ne sera à craindre pour les siècles à venir.

Le fracas du tonnerre pulvérise l'image apocalyptique qui bout dans la tête d'Émilien et le projette au sol. Les éclairs éclatent au-dessus de sa tête. La grêle martèle le vasistas de sa chambre en une salve de mitraillettes assourdissante.

Terré sous le lit, le jeune homme attend, en se mordant les doigts, la fin de la tempête. Admettre l'impossibilité pour les eaux de la rivière de grimper jusqu'à sa mansarde, relève d'une opération mentale incroyablement complexe.

Il remettra à plus tard la visite à l'école de son père. Il annulera son rendez-vous à Pôle Emploi. Il prétextera la démolition d'un autre immeuble dans sa rue. Ils finiront par le radier. Il se consolera en se goinfrant de choux à la crème chez Mme Moineau. Ce soir, il retournera à l'académie de dessin. Le seul job auquel il tient.

Pendant qu'il pose nu, entouré de filles et de garçons attentifs à reproduire les moindres détails de son anatomie, il peut rêver tout à son aise.

En particulier, aux habitants de l'immeuble qui orneront sa fresque. Drôle d'idée que celle de Samuel Dieulefit. Des ailes ! Pourquoi pas après tout ? Et s'il en mettait à tout le monde ? Une ronde de personnages ailés voltigeant autour de la maison, dans un ciel constellé de choux à la crème.

La fresque sera exposée dans le salon de thé. Une façon de témoigner que l'immeuble est plus qu'un assemblage de pierres que l'on peut détruire d'un claquement de doigts. Des gens y vivent et s'y accrochent.

À sa surprise, Georges Montereau l'a invité dans son atelier. Sans doute un cadeau de Mme Moineau. Émilien lui montrera les ébauches de la fresque. Quelques conseils de ce grand peintre doivent valoir de l'or. Le vieil artiste lui dévoilera-t-il sa nouvelle toile ? Celle qui, d'après Éléonore, son épouse, l'aurait envoûté ?

Éléonore
Lundi 15 h

Georges Montereau ferme les fenêtres de son atelier. Le vacarme des engins de chantier l'insupporte. Il a passé l'âge où les illusions tiennent lieu de ligne de vie. S'il a refusé d'adhérer à *l'Association de Sauvegarde du 18 rue du Parc*, c'est par lucidité !

De sa jeunesse, il a gardé le caractère tempétueux, les cheveux rebelles et une barbe de prophète. Aujourd'hui, les poils ont blanchi. Les yeux, d'un bleu acier, s'enfoncent dans leurs orbites, et le regard, encore vif, intrigue à cause de cette flamme mouvante au fond des pupilles.

Mme Moineau lui a appris le départ de son voisin Dieulefit, toutes ailes déployées. Un dernier geste d'amour, d'après elle. Drôle de manière de montrer sa passion. La veille, la jeune Camille a tiré sa révérence. Et maintenant, Émilien veut mettre des ailes à tout le monde sur sa fresque ! C'est contagieux, cette lubie.

Georges marche jusqu'à la chambre de son fils. En l'apercevant, Éléonore interrompt le vrombissement de l'aspirateur.

— Ne t'inquiète pas. Je laisse tout en état. J'ôte la poussière, c'est tout.

Il bougonne.

— Surtout, ne touche à rien. C'est à lui de ranger. Ce n'est pas un hôtel ici.

À travers le peignoir de velours molletonné, Éléonore sent trembler le corps amaigri de l'homme qu'elle a épousé vingt ans plus tôt. Comment nourrir quelqu'un sans appétit ?

Il agite un index impatient.

— D'ailleurs, je vais lui écrire. Nous ne sommes pas ses domestiques.

Devant la porte de son atelier, elle l'embrasse. Un frisson lui parcourt la peau et tourbillonne au creux de son ventre. Moins impérieux que lors de leur rencontre dans une galerie de peinture, mais aussi palpitant que l'excitation des premiers rendez-vous.

— Je t'appelle dès que le thé est prêt.

Éléonore essuie une larme en remplissant la bouilloire. Comment tout cela finira-t-il ? À cinquante ans, son visage, encadré de boucles dansantes grises et blanches, a conservé la fraîcheur et la grâce de la jeunesse. Sa silhouette élancée attire encore les regards. Elle s'en soucie peu, tout entière tournée vers l'homme qui rassemble en lui, l'époux, le père, l'amant, l'ami, le frère, l'enfant, et, privilège inespéré, l'artiste qui l'a initiée à son monde.

Chaque jour, à l'insu de Georges, elle se colle à la porte de son atelier dans l'espoir de s'y fondre. Les yeux clos, le corps frémissant, elle s'imprègne des odeurs de peinture, envieuse du pinceau que son mari serre dans sa main, jalouse des tubes qu'il écrase sur sa palette, désireuse d'être la toile conquise, dépositaire de ses secrets intimes, couverte de ses couleurs.

Dans quelle œuvre Georges est-il plongé en ce moment ?

Elle garnit un filtre en papier de trois cuillerées de thé vert aromatisé à la rose et à la fleur d'oranger — le préféré de Georges — et le glisse dans la théière. Pourquoi cette sourde inquiétude lui fouaille-t-elle le ventre depuis que son mari a commencé cette peinture ?

Hier, il lui a demandé si une toile pouvait se peindre elle-même.

— Tu plaisantes, j'espère.

— Il se passe des choses curieuses dans mon atelier, en mon absence. Me croiras-tu si je dis que des lignes et des couleurs apparaissent sur le tableau sans que j'y touche ? As-tu déjà vu ça ? Une peinture qui prend son autonomie ? Chaque matin, je suis obligé de poursuivre là où elle s'est interrompue. Jour après jour, la toile m'entraîne vers une direction inconnue. Sais-tu que j'éprouve, parfois, une sorte d'angoisse, certes mêlée de curiosité, au moment où je m'en approche ? Même les pinceaux tremblent dans ma main à son contact.

Georges avait commencé cette peinture après le départ en vacances de leur enfant unique, Bruno. En le voyant s'éloigner au volant de sa voiture en compagnie d'une jeune fille qu'il leur avait présentée la veille, Éléonore avait senti les doigts de Georges s'agripper à son bras.

Une lumière froide éclaire l'atelier. Georges s'immobilise devant le chevalet recouvert d'un drap blanc. Voilà trois jours qu'il a masqué la toile, l'esprit agité de visions indéchiffrables. Attendre est inutile. Il achèvera la peinture aujourd'hui, après avoir écrit à Bruno.

Il s'installe à une grande table en pin massif encombrée de dessins, de tubes de couleurs, de crayons et de pinceaux. Sur une feuille de vélin supérieur à la trame légère, il laisse courir la plume dorée le long de phrases étrangement familières.

Mon enfant,

Tant pis si ma lettre t'indispose. J'ai interdit à ta mère de ranger ta chambre. Tu le feras à ton retour. Je l'ai répété ce matin, ici ce n'est pas un hôtel !

Pas de nouvelles depuis ton départ. Il n'y a donc pas de téléphone où tu trouves ? Ou de réseau, pour employer le jargon actuel ?

Bien sûr, Éléonore prend ta défense. Elle a un cœur d'or et tu en profites. Je te le dis comme je le pense, tu n'es qu'un ingrat !

J'ai ma part de responsabilités, j'en conviens. Agir en père est difficile quand on a l'âge d'être grand-père.

Es-tu content de ton cadeau d'anniversaire ? Je sais qu'aujourd'hui on ne rode plus les voitures. Ménage-la quand même, elle te fera meilleur usage.

J'aurai bientôt terminé le tableau que j'ai commencé après ton départ. Une couleur s'impose et domine l'ensemble. Un mélange d'orange et de vermillon avec un soupçon de terre de Sienne brûlée, très proche de celle de ton automobile.

Ici, ta mère s'occupe de tout. Parfois, j'ai l'impression qu'elle me traite en enfant. Elle le fait avec tant de délicatesse que je fais mine de ne pas m'en apercevoir.

Je ne sais quand, elle m'a annoncé un décès dans la famille. Impossible de me rappeler de qui il s'agit. J'ai refusé d'assister aux funérailles.

N'est-ce pas indécent de paraître s'affliger de la mort d'une personne que l'on n'a pas fréquentée de son vivant ? Les gens doivent jaser. Tu me connais, cela ne m'empêche pas de dormir.

Nous avons eu quelques soucis avec Grisette. Elle avait disparu. Tu imagines notre inquiétude avec toutes ces machines de démolition autour de nous. Elle est rentrée hier avec ses petits. Quatre chatons adorables. Ta mère pense que nous trouverons à les faire adopter.

La jeune Camille et le vieux Dieulefit se sont envolés. C'est le terme employé par Mme Moineau. Quitter la vie quand on le souhaite, n'est-ce pas notre seule véritable liberté ?

Je retourne à mes pinceaux. Je t'embrasse et te serre dans mes bras. Ne nous oublie pas.

Il relit, corrige un accent, une virgule, et signe : *ton vieux père.*

Dans le salon, le thé fume dans la porcelaine blanche. Sur une assiette, les choux à la crème de Mme Moineau forment une pyramide. Georges tend la lettre à Éléonore.

— Voilà. Si tu veux ajouter quelques mots et l'envoyer...

Elle sourit, lui caresse la main, la pose sur sa joue.

Accroché au mur, face au canapé, un grand cadre réunit des photos de Bruno à différents âges de sa vie. La dernière date de six mois. Anniversaire de ses dix-huit ans. Bruno l'a prise à l'aide de son téléphone portable la veille de son départ. Son visage rieur, entouré de ceux de ses parents, joue contre joue, irradie de malice.

« Tu seras surprise par ce que peignent mes pinceaux, souligne Georges, comme s'il poursuivait le fil d'une conversation interrompue. Ça ne ressemble en rien à ce que j'ai déjà fait. Je me sens poussé, malgré moi, par une force incontrôlable.

Il ajoute, l'air grave et souriant à la fois : ça devrait plaire à Bruno. »

De retour dans son atelier, Georges enfile sa blouse. Il la portera jusqu'à ce qu'il ait donné la touche finale au tableau.

Éléonore serre la lettre contre sa poitrine.

Il presse le tube sur la palette qui éclate d'un orange lumineux. Il l'amplifie d'une pointe de vermillon et d'un soupçon de terre de Sienne brûlée.

Elle entre dans la chambre de Bruno et s'assoit à son bureau, aussitôt rejointe par Grisette.

Il choisit une brosse plate. Pour le tracé de la route perchée dans un décor de montagnes au réalisme vertigineux.

Elle ouvre le premier tiroir, prend une enveloppe et glisse la lettre à l'intérieur. Dessus, elle écrit *Bruno*, et la date du jour.

Devant le chevalet, il recule. Le tableau s'offre à lui dans toute sa flamboyance. Cette tache sur la route, qui fait vibrer la toile, ressemble à la voiture de son fils reconstituée en un puzzle éblouissant !

Elle ouvre le deuxième tiroir et y dépose l'enveloppe, parmi les autres, identiques.

— Combien de temps encore ? avait-elle demandé au Dr Noiraud ?

Le médecin avait admis son impuissance.

— Refuser l'inéluctable permet de croire en l'impossible. La science ne peut rien offrir en échange.

Le passage d'une voiture suivi d'un vacarme inhabituel la fait sursauter. Elle se précipite à la fenêtre. La rue est déserte. À cette heure, les engins démolisseurs sommeillent en si-lence. Le bruit vient de l'intérieur de la maison. Elle court vers l'atelier, frappe à la porte. « Georges, Georges, tout va bien ? » Sans réponse, elle tourne la poignée, entre. « Georges, tu es là ? »

La blouse et la canne de son mari s'emmêlent au pied du chevalet renversé. Le tableau est couché sur le parquet.

Éléonore s'en approche, les mains moites, la gorge serrée à la limite de l'étouffement. Douleur aigüe, incisive. Une route sinueuse traverse la toile à l'intérieur d'un paysage montagneux. Les couleurs, volatiles, baignent dans un air sa-turé de vibrations. Sur un pont, suspendu entre deux ravins, une voiture, identique à celle de Bruno, roule vers un horizon inaccessible, crépitant de l'éclat d'un feu dévorant.

L'hyperréalisme du tableau est aux antipodes de la peinture de Georges, modèle d'abstraction pure, analogue à un mouvement poétique. Éléonore perçoit le souffle brûlant exhalé par le tuyau d'échappement. Elle secoue la tête, incrédule. Son front perle de sueur. Une chaleur subite la fait grelotter. Sa voix se brise : « Georges ? Où es-tu ? » Les jambes tremblantes, elle quitte l'atelier, parcourt le séjour, la cuisine, inspecte leur chambre, celle de Bruno, sort, se retrouve dans la rue, titube, le cœur battant, la bouche sèche. Elle hurle de peur et de douleur : « Georges ! Georges ! »

Mme Moineau accourt.

— Que se passe-t-il ?

— Georges a disparu !

La pâtissière se mord les lèvres. Elle a vu le peintre, tout à l'heure, s'éloigner en robe de chambre et en chaussons. Elle entend encore les mots qu'il lui a soufflés d'une voix précipitée. Quel malheur pèse donc sur l'immeuble ?

Que Georges quitte la maison sans prévenir relève d'une époque révolue. Autrefois, les nuits de solstices, générateurs d'incertitude, furent propices aux déroutes éphémères de cet homme hanté par l'écoulement du temps qu'il tentait de cheviller dans ses toiles. Éléonore l'avait compris. Il revenait de ses escapades, les bras chargés de cadeaux. La naissance de Bruno avait mis fin à ces pulsions irrépressibles. Que cela se répète aujourd'hui n'a aucun sens.

Éléonore téléphone à la police sans croire à l'utilité de sa démarche. Le commandant Mangin s'engage à lui rendre visite aussitôt. Elle secoue la tête sans comprendre quand il rappelle la disparition des enfants de Margot et de leur père, retrouvés aux États-Unis.

Dans l'atelier déserté, un silence glacial rassemble les objets en une même étreinte. La pénombre recouvre les murs. Étalé sur le plancher tacheté d'orange, de vermillon et d'un soupçon de terre de Sienne brûlée, le tableau abandonné palpite comme un cœur à bout de souffle.

Éléonore tombe à genoux parmi les pinceaux, les tubes et les palettes. Le visage collé à la toile, enivrée par les effluves des pigments et des vernis, elle parcourt la peinture avec l'obstination d'un chien lancé sur une piste prometteuse, traquant les lignes, débusquant les couleurs, creusant les ombres et les lumières, enfiévrée par l'espoir irraisonné de trouver une réponse à une question qu'elle n'ose formuler.

Longtemps, son regard s'abîme à suivre le tracé sinueux de la route perdu dans les montagnes embrumées.

La voiture a disparu.

À sa place, une tache sombre, encore fraîche, luit sous la clarté de la lune.

Des coups frappés à la porte la secouent au petit matin. Elle gît, recroquevillée à même le sol, le nez écrasé sur le tableau. Le commandant Mangin attend sur le seuil, les yeux cachés par ses lunettes noires.

— Nous l'avons retrouvé.

Éléonore étouffe un cri en se mordant les doigts.

— Où est-il ? Comment va-t-il ?

— Il est à l'hôpital. Un peu d'hypothermie, c'est tout.

— À l'hôpital. J'y vais tout de suite.

Mangin avance la main en signe d'apaisement.

— C'est le gardien du cimetière qui nous a appelés.

Éléonore s'immobilise, prise de vertige.

— Le gardien du cimetière ?

— Il l'a trouvé ce matin, roulé en boule, couché sur la tombe de votre fils. Nous avons dû intervenir. M. Montereau refusait de quitter sa place. Il insultait et menaçait ceux qui s'approchaient. Heureusement, Mme Moineau est arrivée. Je ne sais qui l'a prévenue. Elle a réussi à le persuader de monter dans l'ambulance.

— Mme Moineau ?

— Un drôle de spectacle. Elle s'est allongée près de lui, sur la pierre, et l'a pris dans ses bras. Elle lui a chanté quelque chose, une sorte de berceuse...

— Mme Moineau ? Avec Georges ? C'est incompréhensible. De la folie pure ! Bien, bien. J'y vais. J'y vais, tout de suite.

— Les médecins prennent soin de lui. Le Dr Noiraud vous fait dire que rien ne presse.

— Vous me cachez quelque chose, commandant. Que se passe-t-il ?

Mangin frotte son crâne poli d'une main et triture l'anneau, accroché à son oreille, de l'autre.

— M. Montereau ne souhaite voir personne.

— Mais enfin ! Je suis sa femme !

Mangin semble transformé en un bloc de marbre. Éléonore, le front creusé de rides, la bouche tordue en une grimace de douleur, se cramponne à son bras.

— Vous voulez dire qu'il ne veut pas me voir ! Moi ?
C'est ça ? Il ne veut pas me voir !

Mangin ébauche un mouvement de la tête.

La voix d'Éléonore vient de très loin.

— C'est insensé ! Pourquoi ? Pourquoi ?

Mangin ôte ses lunettes et fixe l'épouse du peintre de ses
petits yeux gris à l'éclat acide. Son visage glabre, à peine
souligné d'une fente à l'emplacement de la bouche, paraît
transparent en l'absence de cils et de sourcils. Au bout d'un
temps, interminable pour Éléonore, il remet ses lunettes et
masse un moment son crâne lisse.

Lui aussi s'était coupé de tout et de tous, pendant plusieurs
années. On avait fini par le retrouver. On avait compris,
quand on avait su. Son chef, le commissaire Rollart, l'avait
soutenu. « Ça vous permettra d'oublier, vous verrez... » lui
avait-il assuré en le mutant dans ce quartier en reconstruction
dont on gommait l'histoire, pierre après pierre. Le Dr Noiraud avait haussé les épaules : « Rien ne peut effacer nos souvenirs. Nous pouvons les refouler, c'est tout. » Il avait ajouté,
en passant ses doigts à travers sa barbe taillée en pointe : « le
refoulement, c'est une bombe à retardement ! »

Celle de Montereau lui a pété en pleine gueule, la nuit dernière, se dit Mangin, en pétrissant sa boucle d'oreille. Une
explosion provoque toujours des dommages collatéraux.
Éléonore, son épouse, le visage hagard, les cheveux épars sur
son front, le corps vieilli dans ses vêtements froissés, en est
un exemple vivant.

Mangin cherche les mots les plus appropriés, conscient qu'il n'en existe pas. Les paupières plissées derrière ses lunettes noires, il finit par répondre, d'une voix lasse :

— M. Montereau prétend que vous lui avez caché la mort de Bruno... Je ne sais rien de plus.

Le policier porte l'index à son chapeau, en guise de salutation, et s'engage dans l'escalier quand un bruit de pas, au-dessus de lui, l'arrête. Amélie, la jeune voisine, le fixe à travers les barreaux de la rampe d'escalier, les yeux implorants. Elle a entendu la conversation avec Éléonore. Mangin secoue la tête de façon à peine perceptible. Amélie recule dans l'ombre du palier. Elle comprend.

Amélie
Mardi 10 h

Immobile sur sa chaise, Amélie fixe, sans ciller, la tasse posée sur la nappe en toile cirée rouge à carreaux blancs. Une tasse ancienne, en porcelaine blanche.

De sa place, elle ne voit pas l'anse ébréchée. Elle aperçoit la soucoupe, en partie masquée par la tasse. Une vieille habitude de Maxime. Après avoir avalé la première gorgée de café, brûlante, il pose la tasse sur la table, à côté de la soucoupe. Jamais dessus. Une manie, héritée de son père. Cela n'empêche pas Amélie de lui servir son café, la tasse posée sur la soucoupe, sur les conseils de sa mère. Sa mère à elle, Madeleine, que tout le monde appelle Mado. Une petite femme de trente-six ans qui en paraît dix de plus malgré ses cheveux bruns parcourus de mèches blondes.

La veille du mariage d'Amélie, après avoir retouché une dernière fois sa robe, Mado avait remis à sa fille une liste de recommandations à apprendre par cœur : « Pour satisfaire un mari et être tranquille. Maxime ou un autre, peu importe, ils sont tous pareils ! » Servir le café dans une tasse, la tasse posée sur une soucoupe, en faisait partie. Et diverses choses encore. Amélie évite d'y penser.

Deux mois avant, elle s'était confiée à sa mère. Elle aurait dû s'en abstenir. À seize ans, on ignore ce qu'il convient de faire. Les yeux perçants de Mado, rétrécis par des lunettes à la monture rectangulaire du même rouge que ses lèvres, l'avaient transpercée. Elle se souvient de sa voix rauque où la colère le disputait à la pitié.

— Encore une de tes bêtises ! T'en fais pas, on va arranger ça.

Amélie avait balbutié :

— Quand c'est arrivé à Jennifer, elle...

— Tu n'es pas Jennifer. Viens ! avait ordonné Mado en l'entraînant dans son sillage.

Dans le quartier de Maxime, des engins de toutes sortes s'affairaient dans un paysage dévasté. Mado avait râlé. Elle détestait perdre son temps.

En faisant le tour du Parc à la recherche d'une place de stationnement, elle n'avait cessé de répéter : « Faudrait pas qu'il nous file entre les doigts. J'ai déjà donné avec ton père. Et pas question d'avortement ou de soi-disant fausse couche ou de concubinage ou de pacs ! Le mariage, c'est du solide, même si un divorce se profile derrière ! »

Pour faire bonne figure, elle avait acheté une boîte de choux à la crème à la pâtisserie Moineau, au rez-de-chaussée de la maison où habitaient M. et Mme Decerf, les parents de Maxime.

Amélie pose ses paumes sur ses paupières gonflées. La pâle clarté du jour s'éteint. Petite fille, elle croyait que le monde changerait une fois les yeux ouverts. Ses lèvres décolorées dessinent une moue maussade sur son visage d'adolescente aux traits brouillés. Quand elle retire ses mains, la même table, recouverte de la même toile cirée rouge à carreaux blancs, amorphe sur ses quatre pieds, ressemble à un animal paralysé, amputé de la tête et de la queue. Tout autour, la petite salle à manger affiche une mine austère avec ses murs mansardés parsemés de longues traînées noires. Par endroits, on devine les traces des fissures colmatées par Maxime, en attendant de poser le papier peint.

Malgré la boîte de choux à la crème, les parents de Maxime n'avaient pas apprécié l'irruption de Mado et de sa fille dans leur vie tranquille. Amélie les comprenait. Elle-même se sentait mal à l'aise quand Mado haussait la voix en balayant l'air de ses gestes désordonnés.

Le père de Maxime, un grand maigre, les os prêts à saillir de sa vieille peau cireuse, avait dû s'asseoir pour reprendre son souffle. La mère, des torches enflammées à la place des yeux, s'était redressée, le crâne hérissé de cheveux gris taillés en brosse, au-dessus d'un visage aussi rond qu'une lune blafarde. Ils ne céderaient pas au chantage. Pas question que leur fils unique, âgé d'à peine dix-neuf ans, gâche son avenir à cause de quelques minutes d'abandon. À l'époque de la pilule ! De l'IVG ! On ne s'embarrassait pas d'un gamin avant d'avoir fini ses études et s'être installé dans la vie !

Mado avait arpenté le salon en les bombardant d'accusations, le ton menaçant : « Détournement de mineure ! Abus de faiblesse ! Incitation à la débauche ! Refus d'utiliser un préservatif ! Appel au meurtre d'embryon ! »

Les mains plaquées sur ses joues, les lèvres tremblantes, Amélie s'était levée, prête à crier : « Maman, arrête ! » Elle s'écroula sur le tapis avant de proférer le moindre son.

Jusque-là silencieux, Maxime, avait agité le casque de sa crinière brune, remonté ses lunettes, et, le visage grave, avait déclaré, d'une voix émue, qu'il choisissait le mariage et la paternité.

Amélie fait glisser une mèche de ses cheveux noirs derrière l'oreille. Sous la frange qui masque ses yeux, une ride profonde barre son front.

S'il n'avait tenu qu'à elle, elle aurait imité sa copine Jennifer, une IVG et bonjour la liberté.

Mado n'aurait pas compris, elle qui avait abandonné ses études de médecine pour l'élever. « Grande gueule », selon ses propres termes, elle militait, pêle-mêle, contre l'avortement, l'euthanasie, les immigrés, les motards bruyants, les chômeurs paresseux, les riches méprisants. « Personne ne m'a jamais fait de cadeaux, je ne vois pas pourquoi j'en ferais ! » clamait-elle. Et de rappeler son sacrifice : trimer sans compter dans un sale boulot d'aide-soignante pour avoir donné le jour à une enfant dont personne n'aurait voulu ! Sans parler de sa vie ratée de femme célibataire flanquée d'un mouflet !

Amélie baisse la tête. Elle balaie la toile cirée de sa main fluette à la recherche d'une miette invisible et recommence ce geste, encore et encore, jusqu'à ce qu'il cesse de lui-même, à la manière d'un automate parvenu en bout de course.

Après le repas, Maxime aime s'attarder le temps d'une cigarette et d'un café avant de reprendre le volant de son camion de livraison. Ses parents avaient poussé de grands cris quand il leur avait annoncé qu'il abandonnait ses études. Ils s'en sont pourtant accommodés.

Pouvaient-ils se fâcher avec leur fils unique, arrivé si tard dans leur vie après de longues années d'attente parsemées d'examens médicaux et d'échecs répétés de fécondation in vitro ? Sur les trois derniers embryons, seul Maxime avait survécu après plusieurs semaines passées en couveuse.

Toute la responsabilité de la situation incombait à Amélie. Par convenance, ils se gardaient de le dire. Mais leurs yeux le criaient.

D'où elle est assise, Amélie aperçoit le cendrier. Celui en terre cuite émaillée, en forme de vase, rapporté du Maroc par la mère de Maxime. Marianne. Elle y tenait à son prénom. Pas question de l'appeler maman et encore moins belle-maman. Dès la première rencontre, Amélie avait senti que cette femme, à l'embonpoint massif atténué par sa haute taille, ne l'aimerait pas. Ses yeux, d'un noir luisant, avaient le pouvoir de vous déshabiller rien qu'en vous regardant.

Mado l'avait prévenue : « Méfie-toi de cette rombière, c'est une sorcière ! »

Amélie tire sur les manches de son pull jusqu'à recouvrir ses mains glacées. D'où elle est assise, elle ne voit pas les mégots entassés à l'intérieur du cendrier. Mais elle sait qu'ils sont là, mêlés aux allumettes calcinées et à la cendre grise. De vrais mégots. Aucun rapport avec ces vulgaires tubes en cellulose censés retenir la nicotine. Maxime en a horreur ! Il arrache le filtre avec ses dents, le recrache en grimaçant et l'écrase sous son talon.

Le cendrier se trouve à côté de la tasse, un peu en retrait. D'où Amélie est assise, on pourrait croire qu'il touche la tasse. Mais non ! Regardez comme Maxime se tient : la tasse dans la main gauche, la cigarette dans la main droite. Il faut de l'espace entre la tasse et le cendrier. L'espace, c'est important. C'est plus qu'un besoin, c'est vital. Sinon, il étouffe, Maxime ! Il écarte les bras et pivote sur lui-même à la façon des derviches tourneurs, sauf que lui ne danse pas. Il souffre.

« C'est à cause de son asthme ! » rappelait Marianne d'un air entendu. À six mois, il avait failli en mourir. En attendant le SAMU, elle avait marmonné des prières en traçant, de ses mains pleines de gros sel, des cercles autour de la petite tête trempée de sueur.

Un truc de sorcières.

Amélie ne croit ni aux sorcières ni aux fées. Ou plutôt, elle n'y croit plus. Au-delà d'une certaine limite, la magie n'opère plus. Et Amélie a atteint toutes les limites possibles. Son visage, encore enfant, figé dans une mimique où se mêlent l'interrogation et l'effroi, en témoigne à travers le bleu de ses yeux délavés à force de se heurter aux murs couverts de suie. Ses gestes, maintes fois répétés, hésitent entre la maladresse des nourrissons et la soumission des vieillards.

Une vibration dans la poche de son jean la secoue. Elle se redresse, une douleur dans la poitrine, et se contorsionne pour saisir son téléphone.

— C'est Mado, tu en as mis du temps à répondre.

— Ah, c'est toi. Je m'étais assoupie.

— Oui, c'est moi. Désolée de te décevoir.

Sa mère appelle plusieurs fois par jour. Ses propos ne varient pas : « As-tu mangé ? As-tu fait tes courses, ton ménage ? Tu pourrais aller au lycée, de temps en temps. Faire acte de présence suffirait. Le proviseur et les professeurs sont d'accord. Et puis, ta chambre est toujours prête à t'accueillir, à la maison. Mme Moineau dit que tu ne parles plus à personne. » Amélie répond à chaque question par l'affirmative d'une voix lasse et résignée. Mado fait semblant d'y croire, jusqu'au prochain appel.

D'où elle est assise, Amélie aperçoit le sucrier en inox, à moitié caché par la tasse. Il se trouve sur la même ligne que le cendrier, à sa place.

Maxime prend son café sans sucre. Comme son père. Ça n'empêche pas que le sucrier doit se trouver sur la table. Sa mère, Marianne, mettait quatre morceaux de sucre dans son café. Son médecin l'avait prévenue : « Compte tenu de votre diabète, de votre hypertension et du reste, ne vous étonnez pas de ne pas passer l'hiver ! »

Ses joues frémissaient de colère quand elle racontait l'histoire. Elle avait réduit sa consommation à trois morceaux après la mort de son médecin, par respect.

Le sucrier se trouve entre la tasse et la soucoupe, un peu plus près de la soucoupe. On s'en rend compte tout de suite en s'asseyant à la place de Maxime. C'est une façon de parler. Personne ne s'assoit à la place de Maxime.

Même chose pour le paquet de cigarettes. D'où elle est assise, on pourrait croire qu'il touche la soucoupe. Pure illusion. Il se trouve dans l'alignement. Rien que dans l'alignement. D'ailleurs, ce ne serait pas possible avec la boîte d'allumettes à côté. Parce que la boîte d'allumettes, on ne peut pas se tromper, c'est une vraie boîte d'allumettes. Maxime, c'est pas le genre d'homme à se servir d'un briquet. Il en a horreur !

Regardez-le ouvrir la boîte, saisir une allumette entre le pouce et l'index, la frotter d'un coup sec contre le grattoir, protéger la flamme de sa main arrondie, attendre qu'elle s'élève bien droite, et après, seulement après, l'approcher de sa cigarette en fermant les yeux à demi. Plus personne ne fait ça aujourd'hui. Sauf son père. Le père de Maxime. Jusqu'au jour où ses mains se sont mises à trembler. La faute à Parkinson.

« Plus question de toucher aux allumettes, maintenant, papa ! » avait sermonné Maxime.

Le père, Maurice qu'il s'appelait, raide dans son costume noir d'un autre âge — « si je meurs par surprise, je serai déjà habillé », expliquait-il sans rire — avait ronchonné en tirant sur sa cigarette avec l'avidité d'un condamné à mort.

Le médecin l'avait prévenu : « À fumer ainsi, vos poumons vont se transformer en deux tas de charbon, et ce sera fini ! »

Le médecin ne fumait pas et sa dépouille pourrissait déjà la terre.

Et puis, les allumettes, c'était plus fort que lui, à Maurice. Il les craquait en cachette. Un vrai môme. Observer la flamme jaillir, s'allonger et danser lui procurait un frisson dans tout le corps, impossible à expliquer. « De l'émotion pure ! », avouait-il en fermant à demi ses lourdes paupières sur ses yeux globuleux.

Ça ne sert plus à rien d'y penser, sinon à se faire du mal.

Amélie a toujours attendu que Maxime se lève avant de débarrasser la table. Recommandation de Mado. Ranger le sucrier, vider les mégots, laver la tasse, le cendrier, la soucoupe. Ensuite, avec précaution, poser, sur la tablette de la cheminée, la tasse, la soucoupe et le cendrier.

Maxime les avait reçus de ses parents. Son héritage pour ainsi dire. Le reste a disparu dans l'incendie. Voilà pourquoi l'anse de la tasse est ébréchée.

Si elle avait su, ils ne seraient pas sortis ce soir-là. « Ce genre de choses, ça ne se prévoit pas ! » ne cesse de lui répéter Mado. Les beaux-parents, tout fiers d'être grands-parents, se faisaient une joie de veiller sur le petit ange âgé de six mois à peine. Ce n'était pas un gros dérangement, pour eux. Ils habitaient l'appartement du dessous. Dans la chambre du bébé, les murs inclinés, égayés d'un papier peint joyeux, affichaient les animaux exubérants du *Livre de la jungle*. Au-dessus du berceau, un mobile composé d'oiseaux en bois, aux ailes colorées, tournait en égrenant les notes cristallines d'une comptine enfantine.

Amélie s'en souvient. C'était l'année dernière.

Ils durent patienter plusieurs heures avant de pouvoir entrer dans l'appartement. Le temps que les flammes renoncent à leur festin. Le temps que la fumée se retire par les fenêtres en dressant trois colonnes pour soutenir le ciel.

Les pompiers avaient placé au milieu de la chambre, gorgée d'eau, les quelques objets sauvés du feu : deux ou trois photos, le cendrier, la boîte de café, le sucrier, la tasse, le sommier métallique, la carcasse du berceau.

Le miroir ovale, pendu au-dessus de la cheminée, avait survécu. Seule la partie inférieure de son cadre en bois subsistait. « C'est un miroir magique, prétend Maxime, il conserve le reflet des visages de ceux qui s'y regardent ».

Maxime avait maudit son père. Et puis, il avait pardonné. À quoi bon couver une rancune ?

« C'est facile à dire ! avait gueulé Mado. Pourquoi tu ne m'as pas appelée ? Je l'aurais gardé ton bébé ! »

Ça ne servait à rien de refaire l'histoire. D'autant que Mado travaillait, ce soir-là.

Amélie a toujours débarrassé la table. Sauf une fois. Six mois après l'incendie. L'odeur de brûlé imprégnait encore le moindre interstice de l'appartement. C'était un dimanche, Maxime avait fumé cigarette sur cigarette, les yeux fixés devant lui, le regard farouche. Après un brusque hochement de tête, il avait posé sa cigarette à peine entamée sur le bord du cendrier et s'était levé.

« Je reviens », avait-il grommelé.

Même s'il n'avait rien dit, Amélie n'aurait pas débarrassé. Une intuition ou alors le souvenir des paroles de sa mère, Mado : « Si ton homme fait quelque chose d'inhabituel, méfie-toi ».

La tasse était encore à moitié pleine et la cigarette fumait devant le cadre photo en bois blanc, en partie noirci. La vitre s'était fendue dans l'incendie.

D'où elle est assise, Amélie n'aperçoit que le dos du cadre incliné sur son pied. C'est mieux ainsi. La photo, elle l'avait prise au retour de la maternité : Maxime et le bébé, joue contre joue. Pour l'occasion, ils s'étaient offert les fameux choux à la crème de Mme Moineau. Enfin, c'est plutôt Mme Moineau qui les avait offerts.

Un sourire contrarié déforme ses lèvres à cette évocation.

D'où elle est assise, elle ne voit pas la cigarette. Sa présence est pourtant palpable. Flétrie, le papier délité, elle ne fume plus. C'est normal. Pareil pour le café. Il occupe toujours la moitié de la tasse, recouvert d'une pellicule irisée. Ça aussi, c'est normal.

« C'est normal que ce soit difficile », lui répète Mado tous les jours.

Amélie émet un gémissement d'animal. Elle enfouit son visage entre ses bras, posés sur la table. Ses épaules tressautent avant de s'affaisser. Au bout d'un moment, elle redresse la tête, les paupières closes, la bouche et le menton agités de tremblements. Quand elle ouvre les yeux, rien n'a changé. Il n'y a pas de raison pour que quoi que ce soit change.

Sauf si l'immeuble sautait !

On en parle depuis que le quartier se transforme. On a détruit les vieux bâtiments les uns après les autres. Pourquoi celui-ci échapperait-il à la casse ? Classer une ruine pareille ? Il faut être aussi cinglé que ses voisins pour y croire !

Son plan est simple. Elle se cachera dans le placard, sous l'évier, après le passage des artificiers qui viendront installer les explosifs. Elle est si menue qu'elle se glisserait dans un trou de souris. Si la peur la prenait au dernier moment, elle pourrait compter sur les médicaments prescrits par le Dr Noiraud. Elle en a plein ses poches.

La vibration du téléphone dans sa main lui fait l'effet d'une décharge électrique. Encore sa mère. Résignée, elle laisse tomber l'appareil sur la table, sans décrocher.

Elle se dirige vers la cuisine, les pieds lourds, emmitouflés dans des chaussettes usées, le corps voûté, les cheveux en désordre. Elle ouvre le robinet et revient avec l'éponge jaune. Elle grimace. Maxime n'aimerait pas ça. Sa mère, Marianne, n'utilisait que des éponges végétales. Mado trouve que les synthétiques sont plus pratiques. Pour le coup, elle a raison.

D'une main, elle soulève la tasse, de l'autre elle essuie la toile cirée en exécutant un petit mouvement circulaire, puis elle repose la tasse, avec soin, sur l'empreinte creusée dans la nappe. Elle répète le même geste pour la soucoupe, le cendrier, le sucrier, le paquet de cigarettes, la boîte d'allumettes.

Quand elle arrive au cadre, elle détourne la tête. Son regard ne doit pas croiser ceux de Maxime et du bébé.

— Ça porte malheur ! affirme Mado.

— Pourquoi ?

— Parce que toi, tu n'es pas sur la photo !

Une photo existe, pourtant, prise par Mado. On y voit Amélie, Maxime et le bébé. Elle a disparu. Peut-être dans l'incendie. Peut-être pas. Amélie ne désespère pas de la retrouver.

Elle retourne dans la cuisine, fait couler de l'eau, puis revient sans l'éponge. Le corps lourd malgré sa transparence, elle s'assoit à la même place, face à la chaise vide, devant la porte entrouverte, telle que Maxime l'a laissée en sortant.

Depuis, on n'a plus de nouvelles de Maxime.

Devant sa photo, le commandant Mangin s'est interrogé tout en martyrisant l'anneau accroché à son oreille. « Vraie ou fausse disparition ? » Les appels à témoins n'avaient reçu aucun écho. Les hôpitaux n'avaient rien signalé. Les gens ont le droit de s'évanouir dans la nature s'ils le souhaitent. Aucune loi ne l'interdit.

Mangin se revoit, devant son miroir, près d'un an auparavant. Il s'était douché tout habillé, la bouche encore pleine des relents d'alcool ingurgité la veille comme ultime recours à la souffrance. Dégoulinant d'eau, il s'était interrogé sur cet individu qui posait sur lui des yeux effarés, le visage nu, sans cheveux ni moustaches, sans cils ni sourcils, la peau livide plaquée sur un masque funéraire. Dans son lit, devenu cimetière pilaire, gisaient tous les poils de son corps, jusqu'aux plus intimes.

Transformé en inconnu, il s'était enfui dans des lieux tout aussi inconnus. On avait fini par le retrouver. On finit toujours par retrouver les disparus. Morts ou vivants.

— Pelade de deuil, avait diagnostiqué le Dr Noiraud. Vous avez perdu quelqu'un ?

— Ma femme et ma fille, s'était entendu répondre Mangin, sans que ses lèvres aient bougé.

— Quand le système pileux joue au baromètre émotionnel, il met le paquet ! Accident ?

— Parties. Je ne sais où. Juste reçu une lettre : « oublie-nous ! »

Noiraud avait lissé sa barbe.

— Au hit-parade des souffrances, la perte occupe toujours la première place. La boucle d'oreille, c'est en souvenir ?

C'était le seul objet que Mangin avait retrouvé.

Chaque fois qu'il la touchait, ou qu'il passait la main sur son crâne, la douleur de l'absence lui rappelait que sa femme et sa fille se trouvaient quelque part. Sans lui.

Maxime avait inauguré la série des disparitions dans l'immeuble, avant l'arrivée de Mangin dans le quartier.

Le commandant a retrouvé les enfants de Margot, Mme Léchiquier et M. Montereau. Vacances pour les uns, fugue pour l'une, désespoir pour l'autre. Selon Julie, experte en paroles d'infirmière, Maxime a opté pour la fuite.

On ne peut se fuir soi-même. Sauf à se retirer de la vie, comme l'ont fait Camille et Dieulefit.

Mangin y a songé. Il y songe encore.

Hier, Julie lui a caressé la joue, les yeux débordant de compassion. Mangin s'est réfugié dans sa carapace.

« Gardez vos distances, lui avait conseillé le Dr Noiraud, cette fille est attirée par le malheur comme le papillon par la lumière. Mais à son contact, c'est la lumière qui meurt. »

Julie
Mercredi 21 h

Julie contemple les grands ciseaux posés sur le bord du lavabo. Traits creusés, regard sombre, son visage reflète une détermination froide. Les lames d'acier, prêtes à mordre, lancent un éclat électrique quand elle les approche de son cou. Elle aspire avec force l'air moite d'un ciel d'orage. Le geste résolu, aussi appliquée qu'un jardinier élaguant une haie à coups de cisailles, elle coupe, taille, tranche dans sa chevelure de longues mèches, au-dessus de la ligne des épaules.

Nue, face au miroir de la salle de bains, elle pose sur son corps un regard d'infirmière habituée à sonder les blessures. Ses mains entourent sa poitrine menue. Belles oranges à la peau frissonnante. Quel poème choisirait-elle s'il s'agissait de l'une de ses patientes ?

La boule sur son sein gauche a grossi. Hier, nodule débutant, elle pointe à présent avec l'audace d'un gamin effronté. Intimidée, Julie la frôle du bout des doigts. Un observateur invisible serait ému devant cette excroissance qui justifierait le branle-bas d'un arsenal thérapeutique majeur. Ce même observateur serait surpris d'apercevoir, sublimé dans les yeux de la jeune femme, un soupçon d'affection craintive envers cette protubérance animée d'une existence autonome.

« Vous savez ce que cela signifie ? » avait grogné le Dr Noiraud, après l'avoir auscultée.

Assise sur le rebord de la baignoire, Julie étale, avec la précision d'un peintre en miniatures, une pellicule de laque rouge sur les ongles de ses doigts et de ses orteils aussitôt convertis en pierres précieuses.

Ensuite, munie de petits ciseaux aux pointes incurvées, elle taille chacun de ses ongles et recueille les éclats scintillants dans sa main.

Enfin, telle une cuisinière attentive aux ingrédients nécessaires à la réussite d'une préparation secrète, elle dépose les rognures écarlates et les mèches de cheveux noirs au creux d'une coupe métallique et les mélange avec précaution.

Le miroir lui renvoie son reflet dépouillé de tout artifice. Un visage ignoré de ceux qui côtoient la jeune infirmière passionnée par son travail, éprise de poésie. D'un geste, Julie ébouriffe sa chevelure. Paupières closes, elle compte de dix à zéro, le temps nécessaire à la mise à feu d'une fusée en partance vers des souvenirs indicibles. Son front brûlant posé contre la glace, elle exhale un long soupir qui voile de buée la lueur de ses lèvres pâles.

Pas de sous-vêtements aujourd'hui. Pas de fard, pas de rimmel. Rien que sa peau nue, transparente par endroits, et sa robe noire, moulante, pour seule parure.

Elle la portait le jour où Gilles fut frappé d'un coup de foudre à la saveur exquise. Elle traversait l'avenue, décoiffée par une brise printanière. Lui, écouteurs aux oreilles et démarche dansante, visage innocent éclairé par des yeux couleur de ciel pur, s'était pétrifié, les bras ouverts : « Vous, vous êtes la femme de ma vie ! »

À partir de ce jour, elle le suivit, avec la confiance de l'aveugle pour la main qui le guide, dans des territoires inconnus, étranges et familiers à la fois, peuplés de rires enfantins et d'obscures réminiscences. Ils vivaient en apesanteur, peau contre peau, bouche contre bouche, dans la crainte de se séparer, avides de se retrouver au bout de quelques heures passées à se languir l'un de l'autre. Elle terminait son cursus d'infirmière. Lui, se préparait à l'enseignement.

Huit mois plus tard, le 21 décembre, à vingt-et-une heures, elle vit entrer Gilles dans la salle des urgences de l'hôpital où elle travaillait. Avant même de soulever le drap constellé de taches sombres qui le recouvrait, elle sut que c'était lui.

Tout le monde se souvient du hurlement de bête qui jaillit de ses entrailles. Sauf elle. Elle se réveilla dans une maison de repos, amputée de son nom, de ses souvenirs et de la moitié de son être.

« L'amnésie est un mode de défense ingénieux qui permet d'effacer jusqu'à l'existence de la souffrance », répétait, impuissant, le Dr Noiraud au chevet de l'infirmière réduite à l'état de nourrisson.

Ni les visites de ses voisines, Margot et Leila, ni même les choux à la crème de Mme Moineau ne parvinrent pas à ramener Julie à la vie des gens ordinaires.

Une nuit pourtant, une image, profitant d'un blanc au sein d'un rêve obscur, réussit à s'échapper, par effraction, de la mémoire enfouie de la jeune femme. Avec l'énergie d'une bulle de champagne, elle éclata et ranima le souvenir que Julie avait enterré en un lieu obscur de son cerveau : la salle des urgences, la civière sur laquelle reposait Gilles, le mouvement de sa main vers le drap qui le recouvrait et la vision foudroyante du visage tuméfié qui surgit sous ses yeux. Elle se redressa en hurlant. Ce n'était pas le visage de Gilles.

Ce cri, où se mêlaient terreur et incrédulité, poussé avec une étrange voix d'enfant, raviva en elle une étincelle de vie.

À la stupéfaction de tous, la malade dépressive et amnésique recouvra la mémoire et l'appétit. Résolue à rejoindre la partie d'elle-même restée agrippée à celui qu'elle avait perdu, elle n'attendait plus qu'un signe.

Il apparut, la semaine dernière, pendant l'enterrement de Camille et de Samuel. Sur son sein gauche.

Une bougie allumée dans une main, la coupe métallique dans l'autre, Julie entre dans sa chambre plongée dans la pénombre. Une onde de bonheur la parcourt. Ce fruit, baigné de sa propre chaleur, murissant contre son cœur, témoigne que toute prière finit par être exaucée.

« Vous savez le risque que vous prenez ? » avait menacé le Dr Noiraud.

Julie pose le récipient et la bougie sur la table de chevet, Une photo, format carte postale, la représente serrée contre son amour perdu, les yeux dans les yeux, réunis dans un même espace, un même corps, un même être.

Elle saisit un coffret en bois d'ébène, décoré de fleurs de nacre, tapissé de soie rouge. « Tu y rangeras tes trésors », avait suggéré Gilles en le lui offrant. Elle en fit sa boîte à bijoux jusqu'à ce jour opaque, où, le regard affligé et la tenue noire, l'ordonnateur des pompes funèbres le lui tendit dans le salon du crématorium. « Voici l'urne, madame. Toutes mes condoléances. »

Avec une douceur infinie, Julie presse le coffret contre elle, le couvre de baisers : « Mon amour, tu entends mon cœur ? Il bat aussi fort que la première fois ».

Ses larmes creusent de petits cratères dans la cendre grise.

« J'arrive, mon amour ».

Immobile, vibrante de douleur, elle chavire et sombre dans des flots tumultueux. Quand enfin l'apaisement l'enveloppe de son cocon rassurant, elle empoigne la bougie et, d'un geste déterminé, l'incline à l'intérieur de la coupe métallique.

Les cheveux s'embrasent dans un flamboiement d'orange et de bleu. Les fragments d'ongles libèrent en grésillant de brèves lueurs pourpres striées de blanc. Julie se perd dans la contemplation des flammes qui vacillent peu à peu, se transforment en un mince filet de fumée et laissent une poudre grise au fond du récipient.

« Je te rejoins mon amour ».

Le cœur battant au bout des doigts, elle répand les cendres à l'intérieur de l'urne.

« Tu te souviens ? Vous êtes la femme de ma vie ! Je t'ai répondu, en éclatant de rire : à la vie, à la mort ! »

Les doigts ivres, elle mélange, brasse et malaxe, presse et façonne, pétrit, ainsi qu'on le fait pour le pain ou l'argile, les cendres mêlées à jamais confondues.

Devant la photo et l'urne grande ouverte, elle écoute le martèlement du sang dans ses artères laisser place au doux friselis d'un ruisseau. Elle ôte sa robe, peau inutile, la roule en boule et la jette au sol. La main posée sur l'excroissance illuminant son sein gauche, elle murmure, émerveillée : « Tu vois, ça grossit à vue d'œil ».

« C'est du délire ! » avait tempêté le Dr Noiraud, en tâchant de convaincre l'infirmière plutôt que la jeune femme au front buté, accrochée à sa chimère.

« Les processus de développement d'une cellule embryonnaire et d'une cellule cancéreuse sont identiques. D'accord ! Pour l'une et l'autre, l'objectif est de passer d'une cellule unique à un groupe multicellulaire. D'accord ! Chacune est le miroir inversé de l'autre. D'accord ! D'accord ! D'accord ! Mais il y a une différence ! Une sacrée différence ! L'une est porteuse de vie, l'autre, de mort ! Vous le savez bien ! »

Ils étaient restés un long moment, face à face. Le visage de Julie, semblable à celui des saintes qui ornent les églises, rayonnait de sérénité. À bout d'arguments, le Dr Noiraud l'avait serrée contre lui. Il avait murmuré, sur le ton de la prière : « Vous le savez. C'est pure folie de croire que vous le ferez revenir. »

La main posée sur son sein, Julie se fond dans le souvenir.

Les urgences. Gilles, couché sur la civière. Elle approche la main, soulève le drap, hurle devant le visage qui apparaît. Ce n'est pas celui de Gilles. C'est celui d'un enfant !

Vertige ! Bousculade. Clameurs. Sanglots. Elle entend une voix. Forte. Inconnue : « Éloignez sa sœur ! Ce n'est pas un spectacle pour une petite fille ! »

Elle a 4 ans. Jules, son frère jumeau, a enjambé le balcon de leur chambre, perchée au quatrième étage, et s'est écrasé sur le trottoir gelé, emportant une partie d'elle-même.

« Le risque de défenestration est majeur chez les enfants somnambules », aurait professé le Dr Noiraud, s'il avait su.

Julie referme le coffret. Elle souffle la bougie, lave la coupe métallique et la range dans le placard de la cuisine. Elle dispersera les cendres sur le plancher avant la destruction de l'immeuble. Ce qui vit dans son sein est bien plus précieux.

Elle n'emportera que la photo, format carte postale. On y voit deux bébés identiques, couchés côte à côte, chacun perdu dans le regard de l'autre.

Simon
Une semaine plus tard

— Nous ne sommes qu'une larve d'insecte devant le rouleau compresseur des promoteurs immobiliers, grogne le Dr Noiraud.

— Ce n'était qu'un rêve, murmure Julie, le regard lointain, une main posée sur sa poitrine, à la hauteur du cœur.

Mme Moineau presse un mouchoir rose sur ses paupières gonflées.

— Dire que tout sera muré demain, gémit-elle, le chignon affaissé. Quand je pense au préfet qui m'avait promis...

— Ah ! Les promesses des politiques ! l'interrompt le Dr Noiraud. Cet homme ne s'intéressait qu'à vos choux à la crème, vous le savez bien !

Ils sont rassemblés autour d'une table pliante, assis sur des chaises pliantes. « Du mobilier de camping ! » s'excuse Mme Moineau en servant thé et pâtisseries en l'honneur de cette dernière réunion de *l'Association de Sauvegarde du 18 rue du Parc*, qui n'a plus rien à sauver.

Éléonore, Margot et Leila, l'air désolé, découvrent le salon de thé transformé en coquille vide. Plus rien ne subsiste, hormis la couleur rose, défraîchie, et les traces des étagères sur les murs. Seule la fresque d'Émilien, affichée sur la vitrine, rappelle leur combat perdu.

Assis à l'écart, le commandant Mangin fixe la rue déserte dans l'attitude d'un homme qui attend.

Émilien, la main virevoltant sur son carnet, croque la scène en plissant les yeux. L'absence d'Amélie était prévisible. Traînée de force par sa mère, la jeune fille a quitté son logement en criant qu'elle y retournerait, qu'elle avait un plan ! Une histoire de cachette dans un placard.

En silence, chacun boit son breuvage du bout des lèvres. Même les choux à la crème ont un goût différent. Le Dr Noiraud hoche la tête.

— Je reconnais qu'à force d'attendre la réponse du ministère, j'avais fini par y croire, moi aussi... enfin... presque.

D'un geste brusque, Simon abat sa main sur la table.

— Attendre ?

Sa voix, vibrante, se cogne aux murs nus du salon de thé. « Attendre ! Vous n'avez donc rien compris ! Il ne sert à rien d'attendre ! »

La mine du crayon d'Émilien éclate sur le papier. Mme Moineau pousse un cri. Leila étreint le bras de Simon. À la lueur des bougies (on a coupé l'électricité la veille), son visage a un aspect fantomatique.

— Vous parlez d'expérience, semble-t-il, reprend le Dr Noiraud, interpellé par le ton irrité de Simon.

— « Mon petit Simon, il ne sert à rien d'attendre ! » m'a dit un jour mon père en me fixant droit dans les yeux. C'est la leçon la plus importante qu'il m'ait transmise.

— Une leçon ne vaut que si elle est partagée. Si vous nous en faisiez profiter ?

Simon passe la main dans ses cheveux, le visage tourmenté.

— J'ai déposé ma mère dans un établissement spécialisé, ce matin. Je m'en veux atrocement. Impossible d'oublier son regard planté sur moi. Des yeux de petite fille apeurée, perdue dans le noir. Pour la rassurer, je lui ai fait croire que c'était provisoire... en attendant... En attendant, quoi ? Mon père avait raison : il ne sert à rien d'attendre !

D'un geste las, Simon saisit sa tasse. Autour de lui, les visages se sont assombris. Leila écrase une larme sur sa joue. Simon prend une inspiration profonde et, malgré lui, se laisse glisser dans le souvenir.

« J'étais encore enfant. Nous vivions dans un petit village. Un jour, tous les habitants se sont agglutinés sur les trottoirs. Une attente interminable commençait. Certains mangeaient sur place. D'autres y passaient la nuit. Les yeux dansaient d'un côté à l'autre de la rue principale. Par où vont-ils arriver ? Les rumeurs circulaient, enflaient, se boursouflaient puis éclataient pareilles à la grenouille de la fable. Moi, du haut de mes dix ans, les poches remplies de billes, je criais *les voilà !* au moindre nuage de poussière, *ils arrivent !* au moindre vol d'étourneaux.

Simon s'interrompt le temps d'avaler une gorgée de thé. Julie, impatiente, agite ses doigts sur la table.

— Tout cela est bien étrange, monsieur Léchiquier. Qui attendiez-vous donc ?

Simon pose sa tasse, le regard lointain.

— Je vous le dirai. Mais d'abord, je veux vous parler d'un homme qui demeurait indifférent à toute cette effervescence. Enfermé dans son atelier du matin au soir, vêtu d'une solide blouse grise, il sciait, rabotait, collait, clouait, vissait, assemblait planches et tasseaux, bousculé par une urgence qu'il était seul à percevoir. Je revois son visage étroit et ses grosses mains calleuses caresser le bois poncé. À la fin de la journée, il nettoyait varlope, trusquin, scie, marteau, ciseau et autres outils et les alignait sur son établi en bons petits soldats. Cet homme s'appelait Élie. C'était mon père. »

— Votre père ? s'extasie Mme Moineau. Le mari de Mme Léchiquier !

Simon ébauche un sourire, sans parvenir à chasser les ombres de ses yeux.

— Je me souviens, avec une précision qui me donne la chair de poule, de ce jour qui marqua à jamais l'enfant que j'étais. Dans la rue grouillante de monde, mon père vient me chercher, les mains dans les poches de son blouson, coiffé de sa casquette de velours. Je le suis en traînant les pieds : Tous mes copains passent la soirée dehors, avec leurs parents, pourquoi pas nous ? Pourquoi on fait jamais rien comme les autres ?

« À la maison, maman nous accueille avec du soleil dans la voix, les yeux brillants. Je me souviens de sa peau douce parfumée au savon de Marseille ».

— J'imagine que c'était une très belle femme dans sa jeunesse, hasarde le Dr Noiraud en caressant sa barbe taillée en pointe.

— C'est toujours une très belle femme, intervient Leila.

— Papa affirmait qu'elle avait un secret qu'il n'était pas autorisé à révéler, poursuit Simon sur un ton qu'il voudrait léger. Je revois maman se hisser sur la pointe des pieds, ôter la casquette de papa et claquer un baiser sur son crâne dégarni.

« Chaque soir, papa m'apportait un animal taillé dans une chute de bois. Ce jour-là, c'était un loup. « Installe-le à distance du troupeau de moutons », me conseille-t-il en se mettant à table. Ça ne m'empêchait pas de penser que nous n'étions pas une famille comme les autres.

— N'est-ce pas le cas de tous les enfants ? l'interrompt le Dr Noiraud. Sans parler de ceux qui imaginent que leurs vrais parents sont un roi et une reine qui les emmèneront, un jour, dans un monde merveilleux où tous leurs désirs se réaliseront.

Simon acquiesce. Sous la lumière des bougies, les traits de son visage reflètent une gravité enfantine.

— Ce fameux jour, à la fin du repas, papa m'a demandé :

« — C'est quoi une famille comme les autres ?

« — J'sais pas, moi…. Les autres, ils restent dehors à attendre qu'ils arrivent et ils seront les premiers à les voir.

« — Attendre, attendre, a-t-il bougonné en triturant sa serviette. Ça sert à quoi d'attendre, tu peux me le dire ?

« — Ben, on attend, c'est tout…

— C'est bien la réponse d'un môme ! s'exclame Mme Moineau.

Les yeux brillants, Julie pose sa main sur le bras de Simon :

— Monsieur Léchiquier, nous direz-vous enfin ce que tout ce monde attendait ?

D'un mouvement vif, Simon se lève et marche dans la salle déserte du salon de thé qui résonne sous ses pas.

— Papa ajoute une bûche dans la cheminée. Une gerbe d'étincelles pétille, un vrai feu d'artifice. D'habitude, ce signal marque la fin de la discussion. Pas ce soir-là. Arpentant la pièce avec la fièvre d'un loup en cage, il se met à parler, en martelant chaque mot, d'une voix rauque que je ne lui connaissais pas :

« — En attendant, plus personne ne travaille. Le bistrot ne sert plus à boire, le boulanger ne pétrit plus, le cordonnier ne ressemèle plus, le droguiste a baissé son rideau, plus de tabac au bureau de tabac, l'instituteur ne fait plus classe, et même, paraît-il, le curé s'en mêle en laissant se vider le bénitier. Et tout ça pour quoi ?

« C'était rare que mon père aligne plus d'une phrase à la fois. En une respiration, il venait de prononcer un nombre de mots qui suffiraient à alimenter plusieurs semaines de paroles. Je revois maman sortir de la cuisine en s'essuyant les mains à son tablier, le visage inquiet.

« — Et tout ça pour quoi, papa ? ai-je répété, avec une insouciance terrifiante.

« Il a semblé surpris que j'intervienne. Il s'est arrêté, m'a regardé, et, avant qu'il ne réponde, j'ai su que je n'oublierais jamais ce moment.

« — J'en sais rien, mon petit Simon. De mon temps, on n'attendait pas, on agissait. À ton âge, quand j'avais besoin d'un ballon, je le fabriquais avec un sac rempli de foin. Faut dire que je n'avais personne qui pouvait me l'offrir… Aujourd'hui, les gens passent leur vie à attendre : les vacances, le tour de France, le cirque, la télé, les extra-terrestres, la retraite… À force d'attendre, ils oublient ce qu'ils attendent, ils oublient qu'ils attendent et ils attendent, par habitude, incapables de s'avouer qu'il ne sert plus à rien d'attendre… Tu m'entends Simon ? ÇA NE SERT PLUS À RIEN D'ATTENDRE !

La voix de Simon se cogne au plafond et rebondit en rafale contre les murs nus.

Mme Moineau ouvre de grands yeux.

Julie, bouche bée, se tourne vers le Dr Noiraud, soudain indécis.

Margot agrippe le bras d'Éléonore.

Émilien, le geste suspendu, retient sa respiration.

Leila saisit la main de Simon.

Le commandant Mangin a juste cligné des paupières derrière ses lunettes noires.

— Excusez-moi, poursuit Simon. C'est ainsi que les choses se sont passées. Papa a hurlé en s'arrêtant devant moi. Ses yeux fixes m'ont traversé, happés par une vision qui le terrorisait. Maman m'a serré contre elle, prise du même tremblement que le jour où Mouchette, notre chienne, fut écrasée par un camion.

« J'ignore combien de temps nous sommes restés figés. Puis, papa a secoué la tête, comme s'il revenait d'un long voyage. Il m'a enveloppé d'un regard à la fois tendre et embarrassé.

« — Et toi, Simon, tu attends, tu attends. Sais-tu ce que tu attends ?

« J'ai répondu, au hasard : « — Ben, j'attends d'être grand...

« — C'est bien une réponse de môme, commente Mme Moineau, rassurée.

« — Grand ? Pour quoi faire ?

« — Ben, pour faire ce que je veux.

« Il m'a fixé un moment, d'un air pensif, alors que le sourire renaissait sur le visage de maman. La scène était si insolite que je me suis enhardi :

« — Et toi, p'pa ? tu attends quoi ?

Dans la pièce sombre et nue qui fut un chaleureux salon de thé, la voix de Simon reste suspendue, accrochée aux volutes de fumée qui s'élèvent depuis les lueurs tremblante des bougies. Pris d'un besoin immédiat de contact, chacun se rapproche de son voisin.

Simon fixe le fond de sa tasse.

« Je me demande ce qui se serait passé si je n'avais pas posé cette question. Touché avec la même violence que le camion qui avait renversé Mouchette, papa se laisse tomber sur une chaise, les mains agrippées à la table. Il aurait pu se taire et regagner sa chambre en prétextant son travail du lendemain. Il m'a regardé avec des yeux de noyé et de sa bouche sont sortis des mots si lourds, qu'aujourd'hui encore, ils m'écrasent la poitrine.

« — Je croyais que j'avais cessé d'attendre, mon petit Simon…

« J'ai entendu maman retenir un sanglot. Quelque chose a remué dans mon ventre, je ne sais quoi. Plus aucun bruit ne nous parvenait de la rue. Dans la cheminée, le feu crépitait en silence. Je revois papa, le dos rond, le visage entre ses mains. Sa voix n'était plus qu'un murmure adressé aux flammes vacillantes.

Simon avale une gorgée de thé froid, le regard absent. Autour de lui, ses compagnons forment un bloc compact, plus minéral qu'humain, tout juste éclairé en son centre par le reflet des bougies.

Quand les lèvres de Simon remuent à nouveau, les paroles qui en tombent ont la densité des pierres dont on fait les cathédrales. Dans l'espace vide du salon de thé, elles s'empilent, traversent le plafond, poussent les murs, débordent sur le trottoir, sur la chaussée, ébranlent les montagnes de gravats des immeubles détruits.

« — Quand j'avais ton âge, mon petit Simon, j'attendais, moi aussi. J'attendais qu'ils arrivent. J'attendais qu'ils reviennent. Tous les matins, on m'accompagnait et on me déposait dans le hall de réception d'un grand hôtel, à Paris, toujours au même endroit. Quelqu'un avait épinglé leur photo sur mon manteau. Une photo en noir et en blanc, prise le jour de leur mariage. La seule qu'on ait retrouvée. Joue contre joue, ils fixent l'objectif le regard grave. Sans doute, savent-ils déjà ce qui les attend. Ils ont à peine vingt ans.

« Parfois, quelqu'un s'arrêtait devant moi, se penchait sur la photo, secouait la tête et s'en allait. Certains me caressaient les cheveux avec un sourire mêlé de larmes. Je n'étais pas seul à attendre. Tout le monde attendait. Quand ils arrivaient, perdus dans leurs pyjamas rayés, montaient alors des cris étouffés, des pleurs, des éclats de voix cassées aussi tranchants que du verre explosé sur le carrelage. Et quand ils partaient, on attendait encore…

« Un jour, on m'a dit : ça ne sert plus à rien d'attendre, petit. On a dû me le répéter plusieurs fois : ça ne sert plus à rien d'attendre !

« Je ne suis plus retourné à l'hôtel. Le Lutétia, à Paris. Et j'ai grandi. Et chaque jour, je regrettais de grandir. J'aurais voulu commander à mes os, à mes muscles, à mes nerfs, de cesser de pousser. J'aurais voulu rester le petit garçon que j'étais quand on les a emmenés. Demeurer l'enfant qu'ils avaient gardé dans leurs yeux, tout au fond de leurs rétines, photo figée, immuable, même pas jaunie par le temps… C'est normal que tu veuilles grandir, mon petit Simon. C'est normal… Parfois, je me demande si c'est une bonne idée…

Simon contemple un long moment la flamme dansante des bougies.

« J'aurais voulu me précipiter vers mon père et me lover dans ses bras. Mais l'homme qui me faisait face était un étranger, prisonnier d'une histoire à laquelle je n'avais pas accès.

« Je ne sais combien de temps nous serions restés pétrifiés, englués dans un silence terrifié, si une clameur, venue de la rue, n'avait envahi la pièce en semant mille bulles d'air frais chargées de rires et d'insouciance. Des ombres couraient derrière la fenêtre. Les pétards éclataient. La musique tambourinait. La foule hurlait : ils arrivent ! Ils arrivent !

Simon ferme les yeux, le corps parcouru de multiples tressaillements. Il relève le col de sa veste.

« Longtemps, mon père a sculpté, à mon intention, des petits animaux. Je dispose d'une sacrée collection qui me suit de déménagement en déménagement. Toute sa vie, il est resté à l'écart de la foule, des attroupements, des rassemblements et autres réunions de plus de deux ou trois personnes.

« Un jour, alors que j'étais bloqué dans un embouteillage, sur le boulevard Raspail, à Paris, j'ai cru l'apercevoir, les mains dans les poches de son blouson, sa casquette vissée sur le crâne, devant le Lutétia.

« Depuis sa mort, je m'arrête parfois prendre un verre au bar de l'hôtel. Puis, je me poste sur le trottoir, devant la plaque commémorative rappelant que d'avril à août 1945, le Lutétia a accueilli une grande partie des survivants de la Shoah. Là, adossé au mur, la photo de mes grands-parents à la main, j'attends.»

Sur la table, dans le salon de thé silencieux, une bougie lance une ultime étincelle avant de s'éteindre, laissant échapper un long filet de fumée noire. Lorsqu'une deuxième bougie expire, le Dr Noiraud porte sa tasse vide à ses lèvres.

D'une voix mal assurée, Mme Moineau est la première à prendre la parole. Elle sait qu'elle va prononcer une phrase insensée.

— Monsieur Léchiquier, la prochaine fois, accepteriez-vous que je vous accompagne ?

— Avec votre permission, je viendrai aussi, propose Julie, sur un ton mélancolique. Vous aussi Leila, je suppose ?

— J'ai déjà eu cet honneur et j'y retourne chaque fois avec émotion, répond Leila en passant son bras sous celui de Simon.

— Ma foi, il me plairait d'être des vôtres, ajoute le Dr Noiraud. Attendre peut se révéler riche en surprises pour qui n'attend plus rien.

— Ce sera sans moi ! s'écrie Margot en éclatant en sanglots. Attendre ! Attendre ! Encore et encore ! J'ai l'impression de ne rien faire d'autre quand mes enfants sont absents.

— Attendre ? murmure Éléonore, en fermant les yeux. Je n'ai pas besoin du Lutétia pour ça. Je vis auprès d'un homme qui passe ses journées à attendre le retour d'un fantôme. Un fantôme dont il couvre ses toiles avec la même application qu'un enfant barbouille du papier.

Dans un coin de son dessin, Émilien trace le contour de plusieurs silhouettes transparentes.

Il se fait tard. Le commandant Mangin se lève, remercie Mme Moineau pour le thé, et sort dans la nuit, ses lunettes noires sur le nez.

La dernière bougie clignote en signe d'épuisement. Le Dr Noiraud met aux voix le projet de dissolution de *l'Association de Sauvegarde du 18 rue du Parc.* La proposition est adoptée à l'unanimité.

L'inconnu

Des jours plus tard...

L'impression de déjà-vu me fait frissonner.

Le jour naissant grignote le disque lunaire. Une lumière falote éclaire un vaste chantier, encombré de tractopelles, de grues géantes et de camions assoupis.

Seule l'adresse est lisible sur le bout de carton froissé que j'ai retrouvé dans une poche : *18 rue du Parc*. La vibration, au creux de mon ventre, serait-elle semblable à l'aiguille affolée du détecteur de métaux à l'approche du trésor enfoui ?

Face au Parc, au bout d'une allée envahie d'herbes folles, une maison de deux étages, aux murs craquelés, se dresse, solitaire, les fenêtres obstruées par des parpaings. Jouxtant le porche, une enseigne, barbouillée de giclures de mortier, surmonte ce qui ressemble à une devanture de pâtisserie, colmatée elle aussi, sur laquelle j'aperçois une longue bande de papier recouverte de dessins de personnages aux ailes colorées.

La silhouette d'un homme au crâne rasé, le visage barré par de grandes lunettes noires, surgit au coin de l'immeuble.

Sans m'arrêter à l'interdiction d'entrer, affichée sur un écriteau, j'enjambe les barrières métalliques et m'élance vers le bâtiment, partagé entre la joie et la crainte.

L'exécution de la sentence condamnant à mort la maison, semble imminente à en juger l'inscription étalée sur un panneau crasseux : « *autorisation de démolir* ». Les paupières plissées, j'inspecte, à la lumière de ma lampe de poche, le dessin des veines du modeste portail en bois, à la recherche de l'indice qui confirmerait la raison de ma présence en ces lieux.

Alors qu'une voix intérieure me conseille de détaler à toutes jambes, quitte à ne connaître de moi que la superficialité des choses, une force impérieuse me pousse à l'intérieur de l'immeuble.

La poussière et une odeur âcre de pétard en feu me saisissent à la gorge. Un escalier aux marches carrelées m'aspire jusqu'au dernier étage, éclairé par une lucarne étoilée. Un étroit couloir, bordé par plusieurs portes, m'accueille.

D'instinct, je m'arrête, hors d'haleine, devant la première, condamnée par deux planches hérissées d'échardes. Un paillasson élimé affiche la bienvenue au visiteur improbable. Sur le chambranle, une punaise rouillée transperce une carte de visite, fixée de guingois. À l'aide de ma lampe, je scrute le nom imprimé dessus. Les lettres dansent sous mes yeux. Je les assemble avec prudence, espérant la levée d'un secret que je serais seul à connaître : *Amélie et Maxime Decerf. 18 rue du Parc.* Un bouillonnement cogne à mes tempes. Une douleur martèle mon ventre en même temps qu'une onde tournoyante me déborde sans que je sache si la cause en est l'exaltation ou l'effroi.

« Peut-on guérir de l'amnésie ? » ai-je demandé au médecin.

De sa réponse évasive, j'ai retenu que le choc émotionnel qui libérerait ma mémoire devrait être aussi intense que la commotion qui l'a confinée au silence.

Devant cette porte, j'hésite. Qui vais-je trouver derrière ? Les derniers résistants à la démolition de l'immeuble ? Une Pénélope attendant le retour de son Ulysse ? Un huissier chargé d'un lot de factures impayées ? Suis-je prêt à me confronter au bouleversement que j'imagine ?

Je toque. Une fois, deux fois. Sans réponse, j'arrache les planches vermoulues, toque une dernière fois, et, d'un coup de talon, fais sauter la serrure qui ne tenait qu'à une vis.

Je pénètre dans l'appartement sur la pointe des pieds. À travers la fenêtre, le jour gris éclaire le décor de larges aplats noir et blanc. De longues traînées de suie parsèment les murs mansardés. Une absence de porte ouvre sur ce qui fut une cuisine d'où s'échappaient, autrefois, des parfums de thym et de laurier, de vanille et de beignets à la confiture. Dans une autre pièce aux murs calcinés, l'armature métallique disjointe d'un sommier à deux places voisine avec un berceau aux parois carbonisées.

Le cœur battant, je m'approche de la cheminée aussi sombre qu'une mémoire défunte. Mon objectif est l'enveloppe poussiéreuse, en papier kraft, que j'aperçois sur la tablette en faux marbre. J'imagine une lettre laissée par les derniers habitants à l'adresse de celui qui la lira. Je la saisis avec précaution de crainte qu'elle ne s'évanouisse à mon contact.

Je l'ouvre. L'anse ébréchée d'une tasse à café en porcelaine blanche, en forme de point d'interrogation, glisse dans ma main. Les doigts nerveux, je retire un carton, couleur rose fané. L'inscription *pâtisserie Moineau, spécialiste de choux à la crème* s'étale en lettres rondes. Lorsque je comprends que cet emballage sert à protéger une photo chiffonnée glissée dans un cadre en bois, je manque m'écrouler sur le parquet, jambes vacillantes et respiration figée.

La vitre est cassée. Les éclats de verre ont lacéré une partie du cliché qu'on a tenté de défroisser. Un couple d'adolescents et un bébé, joue contre joue, me regardent. Tendu par la volonté farouche que le miracle se produise, j'observe les visages. Le temps, associé à la dégradation du papier, les a gommés, n'en laissant qu'une esquisse. Suffisante, si j'en juge aux coups de butoir de mon sang contre les parois de mon ventre.

Ces jeunes gens et ce bébé me seraient-ils familiers ? Je pourrais imaginer que l'homme me ressemble. Je pourrais imaginer me souvenir de la femme. Je pourrais imaginer que ce bébé est le nôtre. Je pourrais imaginer me rappeler ma vie passée, égarée dans un vide inaudible et aveugle. Je pourrais imaginer que mon imaginaire n'est que le reflet de la réalité.

Au-dessus de la cheminée, un miroir ovale se penche vers moi. Bordé d'un cadre en bois dont seule la partie inférieure subsiste, il tient au mur par pure magie.

J'ai longtemps rêvé d'un miroir qui conserverait les visages de ceux qui s'y sont contemplés.

Je balaye d'un revers de main la poussière cendrée qui le recouvre. La glace, piquetée de points sombres, m'évoque une constellation d'étoiles mortes, figées dans un ciel éphémère. Le reflet d'un inconnu à la barbe touffue, coiffé d'un bonnet enfoncé jusqu'aux sourcils, apparaît. C'est moi ?

Pourquoi mon esprit, d'ordinaire paisible, s'anime-t-il soudain d'échos tonitruants ? Bruits, clameurs, fracas, tumulte, crépitements, enflent et grondent accompagnés du hurlement obsédant d'une sirène de pompiers.

Une silhouette, armée d'une puissante torche électrique, avance vers moi à grandes enjambées. Je reconnais l'homme au crâne rasé et aux lunettes noires aperçu, plus tôt, dans la rue. Une boucle dorée perce son oreille gauche. L'autre est ornée d'une oreillette sans fil : « Commandant Mangin à l'appareil. Je fais un dernier tour. Le portail était ouvert. On m'avait signalé des squatteurs. Je vérifie qu'aucun taré ne se planque dans l'immeuble avec l'idée de s'envoyer en l'air. Combien de temps avant la mise à feu ? OK. Je me dépêche. »

Blotti dans le renfoncement de la cheminée, je m'esquive au moment où le commandant pénètre dans l'autre pièce.

Mon esprit me joue des tours. J'aperçois une ombre familière se faufiler dans le couloir. Silhouette de jeune fille. Impression de déjà-vu ?

L'escalier me porte dans un vertige proche de l'épuisement. L'air froid du dehors m'agite d'un frisson intérieur. La vibration dans mon ventre s'emballe à la vue d'un groupe de personnes rassemblées devant la barrière métallique. Ils se tiennent par l'épaule, joue contre joue, et fixent, en tentant de sourire, l'objectif de l'appareil photo d'un curieux attiré par l'événement. Derrière eux, le bâtiment aveugle, planté au milieu d'un champ de décombres, semble chavirer.

— C'est vraiment fini, n'est-ce pas, monsieur Léchiquier, gémit la plus imposante des femmes, engoncée dans un manteau rose, en jetant un regard angoissé vers la cabine des artificiers vêtus de combinaisons fluorescentes.

Le dénommé Léchiquier n'a pas le temps de répondre. Une déflagration secoue le sol. En quelques secondes, l'immeuble, effondré dans un nuage de poussière, accouche d'une montagne de gravats. Aussitôt, les pelleteuses entrent en action et remplissent, à grand fracas, les bennes des camions.

La dame en rose pleure, sans retenue, dans les bras d'un homme âgé, la barbe taillée en pointe.

— Allons, madame Moineau, je suis sûr que votre prochain salon de thé sera encore plus beau.

— Il n'y aura plus de salon de thé, Dr Noiraud. Plus jamais !

Mme Moineau ouvre un sac, pendu à son bras, et en retire une grande boîte à gâteaux, couleur rose fané, sur laquelle je devine, plus que je ne déchiffre, le même nom que sur le carton trouvé dans l'appartement.

— Les derniers choux à la crème, mes amis, annonce-t-elle, des larmes dans la voix.

— Les derniers ? s'étonne la plus jeune des femmes, une main crispée sur sa poitrine.

— En hommage à la vieille maison qui m'a vue naître et qui a vu naître toutes les femmes de ma famille depuis cinq générations. La dernière pâtisserie Moineau vient de disparaître sous vos yeux.

Après un moment de stupeur, le Dr Noiraud se racle la gorge et déclare, sur un ton solennel :

— Mes amis, je crois qu'une minute de silence s'impose !

En les voyant ensuite refermer leurs doigts sur ces gâteaux à la rondeur émouvante, une contraction me serre l'estomac en même temps que ma bouche s'emplit de salive. Est-ce la faim qui me tiraille ou s'agit-il d'une réminiscence gourmande qui s'efforce de fendre la cuirasse de ma mémoire cadenassée ?

— Oh, mais voilà monsieur Mangin, reprend Mme Moineau, soudain ragaillardie, en interpellant l'homme au crâne rasé que j'ai aperçu dans l'immeuble avant qu'il n'explose. Un dernier chou à la crème, commandant ? En hommage à notre chère maison assassinée.

À travers ses lunettes noires, je sens le regard fébrile du policier me harponner. Il se dirige vers moi, en pétrissant, au risque de l'arracher, sa boucle d'oreille. J'attends, le cœur battant. Est-ce la fin de ma quête ? Il ôte ses lunettes, m'observe le front plissé, un éclat acide dans les yeux, seuls signes de vie dans un visage de mort-vivant, puis remet ses lunettes d'un geste brusque.

— Excusez-moi, je vous ai pris pour quelqu'un d'autre.

— Pour qui, dites-moi, s'il vous plaît ? aurais-je voulu demander si son téléphone n'avait pas sonné.

— Mangin à l'appareil, répond-il en me tournant le dos.

Poussé par une vibration qui m'agite jusqu'à la moelle, je lui emboite le pas.

C'est au moment où le commandant pose le pied sur la chaussée qu'une voiture d'une couleur peu commune s'arrête devant lui. Sous le soleil, sa carrosserie arbore l'orange, le vermillon et un soupçon de terre de Sienne brûlée, fondus comme sur la palette d'un peintre. Je le rejoins alors qu'il ouvre la portière.

— Monsieur, s'il vous plaît, dites-moi pour qui vous m'avez pris.

Il hausse les épaules en me montrant son téléphone.

— À quoi bon ? L'histoire finit toujours par vous rattraper. Je viens d'apprendre ma nouvelle mutation. Sans doute le moment est-il venu de passer à autre chose.

Je ne sais ce qu'il a voulu dire. Sinon que chacun parcourt la vie dans un temps qui lui est propre, ignorant celui des autres. Peut-être.

La vibration dans mon ventre a disparu. À sa place, s'ouvre, vaste et infini, un espace vierge de toute mémoire.

Les mains au fond des poches de ma parka, j'effleure du bout des doigts l'enveloppe en papier kraft, rescapée de l'immeuble détruit. J'aime à penser que quelqu'un l'a déposée à mon intention, vestige d'un passé révolu à l'image des nécropoles antiques exhumées de la nasse du temps. Je caresse la photo du couple et du bébé sur laquelle l'anse ébréchée de la tasse à café en porcelaine blanche dessine un pont à jamais coupé.

Devant moi, Mme Moineau jette un dernier regard sur les décombres de la maison. Une femme, affublée de lunettes à la monture rouge, les cheveux bruns sillonnés de mèches blondes, l'interpelle d'une voix inquiète à grand renfort de gestes. Son allure ranime en moi l'impression de déjà-vu.

Mme Moineau l'écoute en hochant la tête. Elle a bien vu, sa fille, Amélie, c'est sûr. Elle ne doit pas être loin. Cette histoire de cachette dans un placard ? Une fanfaronnade de jeune. Inutile de s'alarmer. D'autant que le commandant Mangin a procédé à une dernière inspection avant la mise à feu.

Sur ces mots, Mme Moineau s'éloigne, le pas lourd, les épaules voutées, les cheveux défaits. Elle dépose dans une poubelle la boîte à gâteaux, vide, et disparaît dans le Parc, absorbée par la foule des promeneurs. Un jeune homme, un sac sur le dos et un grand carton à dessin sous le bras, se lance à sa poursuite le visage sillonné de larmes.

Je suis tenté de faire de même. À quoi bon ?

Une question saugrenue s'insinue alors dans mon esprit : ai-je goûté, un jour, aux choux à la crème de Mme Moineau ?

Par ordre d'entrée en scène

Bibliographie

Romans *(Autoéditions Vivaces)*

Toujours tu chériras la mer

Mortel Végétal

Silhouette au ventre rond

Histoires noires autour d'une tasse de thé

Sous l'ombrière du Vieux-Port

La liste de Fannet

18 rue du Parc

Nouvelles *(Autoéditions Vivaces)*

L'enlèvement

Equinoxe d'automne

Un si bel enfant

Massacre

Jeunesse *(Autoéditions Vivaces)*

Les vies de Baya (illustré par Elisabeth Boutevin)

La fille sur le trapèze

Théâtre *(non édité)*

- Pierre

- Alexandra

- Quelques gouttes de cyanure

- Des fleurs pour Baptiste

- La malédictionnite et autres calembredaines

- Venise ça lasse

- La sage-femme est un homme